너를 만나 고마워!

# 너를 만나 고마워!

ⓒ 2013 삼성화재안내견학교

**1판 1쇄** 2013년 12월 23일

**엮 은 이** 삼성화재안내견학교

**발 행 인** 주정관
**발 행 처** 북스토리
**주    소** 경기도 부천시 원미구 상3동 529-2 한국만화영상진흥원 311호
**대표전화** 032-325-5281
**팩시밀리** 032-323-5283
**출판등록** 1999년 8월 18일 (제22-1610호)
**홈페이지** www.ebookstory.co.kr
**이 메 일** bookstory@naver.com

ISBN 971-11-5564-012-8 03810

※ 잘못된 책은 바꾸어드립니다.

이 도서의 국립중앙도서관 출판시도서목록(CIP)은 e-CIP 홈페이지
(http://www.nl.go.kr/ecip)에서 이용하실 수 있습니다.
(CIP제어번호 : CIP2013026921)

안내견을 만나고 사랑하고 그리워하는 사람들의 행복한 이야기

너를
만나
고마워!

삼성화재안내견학교 엮음

북스토리

삼성화재안내견학교가 개교한 이후, 올해가 꼭 20년이 되었습니다.

1993년, 안내견학교가 문을 열었을 땐 장애인에 대한 편견과 성숙하지 않은 애견 문화 등으로 안내견이 활동하는 데 어려움이 많았습니다.

큰 개를 데리고 버스를 탈 때에도, 식당에 들어갈 때에도 제지를 당하기 십상이었고, 안내견 훈련사나 자원봉사자는 물론, 심지어 시각장애인 파트너도 비슷한 어려움을 겪었습니다.

예전에 비해 안내견에 대한 인식이 개선되고, 우리 사회의 일원으로 인정받게 된 것은 자원봉사자들의 관심과 시각장애인 파트너들의 노력, 그리고 안내견을 응원해준 많은 분들이 있었기에 가능한 일이었습니다.

삼성화재안내견학교 20주년 기념 수기집 『너를 만나 고마워!』를 발간하며, 지면으로나마 우리 안내견의 활동을 응원해준 모든 분들께 다시 한 번 감사의 마음을 전합니다.

삼성화재안내견학교는 앞으로도 시각장애인의 성공적인 재활과 나아가 장애인 보조견, 올바른 애견 문화의 정착을 위해 열심히 노력할 것을 약속드립니다.

더욱더 많은 관심과 응원 부탁드립니다. 감사합니다.

삼성화재안내견학교 임직원 일동

--------

# 제1장

# 당신을 만나
# 행복합니다

## 안내견학교의 자원봉사자

삼성화재안내견학교의 자원봉사자들은 주로 다음 네 가지의 자원봉사를 하고
있다. 안내견 후보 강아지를 가정에서 1년간 돌보는 '퍼피워킹 자원봉사', 안
내견 후보 강아지를 생산하는 번식견을 돌보는 '번식견 홈케어 자원봉사', 안
내견이 은퇴를 한 후 가족의 일원으로 여생을 보낼 수 있도록 돕는 '은퇴견 홈
케어 자원봉사', 주 1회 이상 꾸준히 안내견학교에 방문해 견사 관리와 사육을
돕는 '견사 자원봉사'이다.

# 나의 스승,
# 태백이

수원시 매탄동 · 이춘근

작년 가을 어느 날이었다. 아들 녀석이 갑자기 "아빠! 우리도 안
내견 강아지를 키워볼까?" 하기에, "우리가 무슨 안내견을 키워?"
하고 시큰둥하게 대꾸했다. 그러자 아내가 거들었다. "삼성화재안
내견학교가 있는데, 강아지를 1년 동안 위탁해서 키워주면 된대
요"라고.

그 말을 듣는 순간, 평소 개를 좋아하던 나도 호기심이 생겼다.
그래서 이것저것 알아보기로 했다. 그러나 개집 앞에 놓인 밥그릇
에 먹던 밥 부어주며 믹스견 몇 마리 키워본 경험밖에 없는 나로서
는 "열심히 돌봤는데 안내견이 안 되면 어떻게 하지?" 하는 걱정

이 앞서 선뜻 승낙하지 못했다. 그날 이후, 안내견 강아지를 키우자는 아내와 아들의 성화에 못 이겨, 한 달을 버티다 결국 승낙을 하게 되었다. 지금 생각하면 괜한 고집이었다.

퍼피워킹*을 신청하기로 결정한 뒤, 뭐라도 준비해야 하지 않을까 싶은 생각에 책도 뒤져보고 비디오도 보고 인터넷 검색도 해봤다. 벌써부터 마음만큼은 훌륭한 퍼피워커가 된 것 같았다.

올해 2월, 마침내 예비 안내견을 만나러 가는 날이 되었다. 삼성화재안내견학교에 도착한 우리는 먼저 기본 교육을 받고 예비 안내견들이 새로운 가족의 품에 안기는 모습을 지켜보았다. 그리고 7남매 중 막내가 우리의 품에 안겼다. 이름은 태백이, 노란색 털을 가진 주름이 많은 사내 녀석이었다.

"아빠! 얘는 얼굴에 주름이 많아요. 늙었어요."

아들은 속마음을 숨기지 않고 대뜸 말했다.

나와 아내는 "어릴 때 못생긴 애들이 커서 예쁘단다. 너도 할아버지 닮아서 어릴 때는 이마에 주름이 많았어"라고 답했다. 그리고 나서 우리 셋은 태백이의 얼굴을 보았는데, 동시에 웃음을 터트리고 말았다. 태백이의 얼굴엔 주름이 많긴 했다.

**퍼피워킹** 개가 생후 7주가 되었을 때 자원봉사자의 가정에 위탁되어 1년간 가족과 함께 지내는 과정

태백이가 우리 집에 온 날, 새근새근 잠든 태백이의 모습을 보고 문득 옛 추억이 떠올랐다.

어느 추운 겨울날, 아버지가 강아지 한 마리를 데려왔는데, 그때 온 가족이 둘러앉아 박스 안에 있는 강아지를 구경했던 기억이 났다. 벌써 40년 전의 일인데 태백이가 앞에 있으니, 나는 마치 그 당시로 돌아간 듯한 기분이 들었다.

태백이가 우리 집에 오고 나서, 우리 가족은 전보다 더 많은 대화를 나누게 되었다. 아들 영준이는 외둥이라 외로움을 타곤 했는데 좋은 동생이 생겼다고 행복해했고, 나와 아내도 늦둥이를 키우는 것 같아 재미있었다. 더불어 교육에 대한 여러 가지 생각도 하게 되었다.


태백이가 처음으로 비탈진 곳을 오르던 날이었다. 그날은 안내견학교 교육이 있던 날이다. 주차장에 차를 세우고 비탈진 길을 오르려는데, 녀석이 낑낑대며 걸음을 멈췄다. 아마도 처음 맞닥뜨린 상황에 어떻게 대처해야 할지 모르는 듯했다. 그래서 교육할 때 선생님께 여쭤보았더니 스스로 할 수 있을 때까지 기다리고, 다그치기보다는 격려하고 칭찬하라고 하셨다. 자칫하면 트라우마를 남길 수 있으니 그러지 않도록 유의하라는 말씀도 덧붙이셨다.

"괜찮아. 태백이는 할 수 있어! 해보자."
그렇게 20분 정도가 흘렀을까, 도무지 움직이지 않을 것 같던 녀석이
조심스레 발을 떼기 시작했다.
그리고 한 번 용기를 낸 녀석은 단번에 긴 계단을 오르고야 말았다.

그래서 집으로 돌아오는 길에 낮은 높이의 계단에서 배웠던 것을 실천해보기로 했다.

어김없이 멈춰 서버린 태백이에게 아내와 영준이는 "괜찮아. 태백이는 할 수 있어! 해보자"라며 태백이를 응원하였다. 그러나 이번에도 태백이는 좀처럼 움직이지 못하고 낑낑댔다. 그 좋아하는 사료도 외면했다.

그렇게 20분 정도가 흘렀을까, 도무지 움직이지 않을 것 같던 녀석이 조심스레 발을 떼기 시작했다. 그리고 한 번 용기를 낸 녀석은 단번에 긴 계단을 오르고야 말았다.

우리가 보기엔 별거 아닌 계단이었지만, 인내를 가지고 기다려준 덕분에 태백이는 큰 산과도 같은 계단을 오를 수 있었던 것이다.

작은 일이지만 참 많은 생각을 하게 되었다.

'스스로 극복하도록 믿고 기다려주고, 격려해주기!'

비단 태백이에게만 해당되는 것은 아닐 것이다. 이론적으로는 너무나 잘 알고 있는 교육법이지만, 믿고 기다려주고 격려하는 일은 결코 쉬운 일이 아니다. 그리고 이론대로만 실천한다면 내 아이에게 상처를 주는 일도 없을 것이다.

아들에게도 자주 하는 말이 있다.

"노력하지 않고 이루어지는 것은 없다. 그리고 짧은 시간에 단번에 되는 일은 없단다. 태백이를 봐라. 조금씩 반복하면서 발전하지 않니?"

처음에 아들은 자기를 개와 비교한다며 기분 나빠 했다. 하지만 퍼피워킹 6개월이 지난 지금, 아들은 내가 이런 말을 해도 기분 나빠 하거나 반박하지 않는다. 도리어 이젠 아들 스스로도 태백이를 인정하는 모양이다.

태백이를 키우다 보니 안내견이 개가 아니라 꼭 사람 같다는 생각이 들 때가 많다. 침착하게 상황을 살피고, 항상 우리 가족들을 살뜰히 챙긴다.

한번은 산책을 나갔는데, 아내와 뒷모습이 닮은 여자가 앞에서 천천히 걸어가고 있었다. 걸음이 빠른 나와 태백이는 그 여자를 앞질러 갔는데, 웬일인지 태백이가 자꾸 뒤를 돌아보며 챙기는 것이었다. 태백이는 그 여자를 아내로 생각한 모양이었다. 태백이는 가까이서 그 여자의 얼굴과 목소리를 확인하고 나서야 안심하고 산책을 계속했다.

우리는 태백이와 마트, 시장, 관공서, 개인 음식점, 숙박 장소 등 다양한 곳을 방문했다. 또한 대중교통으로 지하철을 이용하기도 했다. 태백이를 기특하게 생각하고 배려해주시는 분들도 많았지만, 안내견과 어디를 함께 간다는 것이 결코 쉬운 일은 아님을 깨달았다. 어디든 방문하려면 영업 장소에 미리 전화를 해서 태백이와 함께 가도 괜찮은지를 확인해보고 동의를 구해야만 했다. 아직까지도 전화를 하면 승낙을 받는 경우보다 거절을 당하는 경우가 더 많다. 위생상의 문제도 있고, 무엇보다 다른 손님들이 싫어한다는 이유에서였다. 그래서 함께 가고 싶은 곳이 있어도 갈 수가 없어 아쉬울 때가 많았다. 하지만 반대로 기꺼이 이해해주고 우리를 반갑게 맞이해주시는 분들이 있어서 너무나 고맙고 따뜻한 마음을 느끼게 된다.

비단 우리뿐만 아니라, 퍼피워킹을 하시는 분들이라면 여기저기에서 언짢았던 경험이 많았을 것으로 생각된다. 이 모두가 시각장애인 안내견에 대한 인식의 부족 때문일 것이다. 광고를 통한 홍보도 중요하겠지만, 퍼피워커 한 사람 한 사람의 노력도 필요하다고 본다. 우리가 사회화 활동을 열심히 하면서 많은 사람들을 만나고, 어찌하여 안내견이 우리 사회에 꼭 필요한지를 설명해주어야 할 것이다.

태백이를 데리고 다니며 아내는 상점 앞에서 여러 차례 문전박대를 당했다. 공공장소에 대형견을 데리고 다니는 무식한 사람이란 오해의 시선을 받기도 했다. 그럴 때마다 아내는 안내견과 애완견은 다르다고 설명해주기도 하고, 건물 안을 걷다가 제지하는 직원들과 실랑이를 벌이기도 했다. 그런데 안내견이 애완견과 다르다는 것을 뻔히 알면서도 입장을 거절하는 경우도 종종 있었다. 그럴 때마다 아내는 말할 수 없는 분노를 느꼈다고 한다.

하지만 그런 아내가 언제부턴가 생각을 바꾸어먹기 시작했다. 여전히 거절당하는 기분은 말할 수 없이 불쾌하지만 몰라서, 경험이 없어서, 당황스러워서 그렇다면 그런 반응도 당연하게 받아들이고 기다려주자는 것이었다. 또한 웃는 모습으로 대해야 안내견에 대한 인식도 좋아진다며, 어떠한 상황에서도 가능한 한 흥분하지 않고 예의를 갖추려 애썼다.

아내는 우스갯소리로 이런 말도 했다.

"지나가다 만나기도 흔치 않은 안내견을 거부하는 사람들에게는, 함께하는 기회를 주지 않겠어. 우리도 거절하는 거야."

반대로 따뜻한 마음으로 격려해주시는 분들께는 더 잘 설명하고, 감사의 표현을 하기로 했다고. 아마도 상처받은 마음을 스스로 추스르기 위한 아내만의 비책일지 모른다.

언젠가 아내와 아들에게 이런 말을 한 적이 있다.

"지금도 안내견과 어디를 가려면 만만치 않은데, 장애인 복지법

에 안내견 출입 조항이 없었던 시절에는 아마 버스도 제대로 못 타고, 건물에 들어가기도 힘들었을 거야……."

아내도 내 말에 공감하며 고개를 끄덕였다.

정말이지, 아무런 제도적 배려가 없었던 상황에서 선배 퍼피워커들은 얼마나 힘이 들었을지 충분히 공감이 간다.


때로 어떤 사람들은 안내견이 고생을 한다며 불쌍하게 여기기도 한다. 심지어 동물병원 직원들 중에도 이와 비슷한 말을 하는 경우가 종종 있었다. 마치 동물 학대라는 말로 들리기도 한다. 그러나 사람이 적성에 맞는 일을 할 때 행복을 느끼듯, 안내견의 경우도 마찬가지라 생각한다. 래브라도 리트리버는 사람을 잘 따르고 사람들에게 인정받고 싶어하는 욕구가 강한 품종이다. 안내견에게 의존하고 안내견을 인정해주는 시각장애인과 사람에게 인정받고 싶어하는 안내견의 결합은 서로의 만족을 극대화하는 최상의 조합이라 할 수 있다. 더구나 얼마 전 뉴스를 보니, 경기가 어려워지면서 버려지는 유기견이 많다고 하는데, 이에 비해 안내견 및 후보견들은 버려지고 학대받을 가능성이 매우 낮다. 도리어 좋은 주인을 만나서 평생 보살핌을 받게 되니, 안내견은 일반적인 반려견 이상으로 행복할 것이다.

개인적으로 3년 전, 희귀 난치성 질환인 다발성경화증의 합병증으로 시신경염을 앓게 되어 한 달 가까이 앞을 보지 못하고 다리도 쓸 수 없었던 적이 있었다. 지금은 많이 좋아졌지만, 돌이켜보면 눈이 보이지 않는다는 것은 단순한 불편함을 넘어 무섭고 절망적인 것이었다. 아마 그때 시력이 영영 회복되지 못했다면, 나도 안내견에게 의지하게 되었을지 모른다.

일부 매체에서는 삼성화재안내견학교가 장애인 복지를 위한 곳이라기보다는 기업 홍보를 위한 수단에 불과하다는 의견을 나타내기도 한다. 그러나 나는 그런 의견에 동의하지 않는다. 언젠가 아내와 아들에게 농담으로 이런 말을 한 적이 있다.

"내가 만약 삼성화재 대표라면 이렇게 손이 많이 가는 안내견 사업은 안 했을 거야. 이보다는 크고 멋진 건물을 지어 기부해도 되고. 공익 캠페인을 벌이거나 혹은 장학금을 지급하는 편이 생색내기에는 더 수월했을 테니까."

어찌 보면 기업의 이익 추구는 너무나도 당연한 일이다. 그러기에 속한 사회에 대한 공헌도 기업의 책무라 생각한다. 그런 면에서 기업이 사회 공헌을 통해 기업 이미지를 높이고자 하는 것은 바람직한 기업 전략이 아닐까. 누가 뭐래도 난 관계자, 직원, 자원봉사자, 시각장애인, 퍼피워커, 학교, 사회복지 기관이 유기적으로 연결되어 운영되는 삼성화재안내견학교야말로 참다운 사회복지 사업을 실천하고 있다고 생각한다.

1993년에 설립된 삼성화재안내견학교가 올해 20주년을 맞는다고 한다. 지금까지 약 150마리 이상의 안내견을 시각장애인들에게 기증하였다는 보도를 본 적이 있다.

안내견 한 마리 한 마리가 시각장애인들의 눈을 밝히는 등불이 되었으면 한다. 더불어 시각장애인 안내견의 성공적인 양성과 원활한 활동을 위해 노력하시는 모든 분들께 진심으로 감사드린다.

# 내 인생 최고의 선물

용인시 상현동 · 정현주

창조, 한올, 보리, 바람. 이 이름들이 특별한 파장을 일으키며 내 마음 깊은 곳을 두드린다. 내 삶의 가장 치열했던 순간을 함께 했던 창조와 한올이. 내게 온 안내견들은 각자 고유의 빛깔을 갖고 있었고, 그들은 나에게 있어 큰 기쁨이었다.

창조는 첫인상부터 예사롭지 않았다. 억울해서 못살겠다는 표정에 불만 가득한 눈, 유난히 커서 마치 날개를 단 것 같은 귀를 가진 창조는 안내견학교에서 처음 데리고 오는 차 안에서도 그렇게 서럽게 울면서 할퀴고 기어오르기를 반복하더니, 집에 와서도 아주 '창조적'으로 말썽을 피웠다. 내가 빨래를 하면 신 나라 하며 달려들고 겨우 쫓아내고 돌아보면 쓰레기봉투를 긁기 시작했다. 안 되겠다 싶어서 쓰레기봉투를 뒤쪽 베란다에 내놓으면 창조는 곧이어 현관에 있던 신발을 물고 거실로 진군한다. 냅다 신발을 뺏어 현관에 놓고 돌아서니, 이번에는 큰일을 보고 있었다. 창조는 미처 신문지를 깔 틈도 주지 않았다. 아이들 둘을 등교시키고 창조의 뒤치다꺼리까지 해야 하는 아침이면 손이 열 개라도 모자랄 지경이 되곤 했다.

집 안 꼴 또한 말이 아니었다. 바닥 소재가 신문지로 바뀌고, 사방이 걸레로 장식되어 갔다. 모든 것이 창조 위주로 돌아갔다. 마치 창조네 집에 우리 식구가 얹혀사는 것도 같았다. 그래도 예뻤다. 창조는 명랑 쾌활하고 호기심도 많고, 표정 또한 풍부하고 영리하기까지 했다. 그런 창조를 보다 행복하게 해주기 위해, 미국에 있는 조카로부터 리트리버에 관한 원서까지 구해 읽었다. 이따금 이해가 안 되면 미국에서 살다 오신 안내견학교 과장님을 전화로 귀찮게 했다.

그렇다고 내가 봉사정신이 투철하거나 퍼피워킹에 관심이 많아서 그런 노력을 기울였던 것은 아니었다. 난 그저 개가 키우고 싶었을 뿐이다. 그것도 큰 개를 키우고 싶었다. 문제는 아파트에 살면서 큰 개를 키울 수가 없어서 궁리하던 참에 퍼피워킹을 신청해 창조를 데려온 것이었다. 그 순간의 선택에 엄청난 반전이 숨어 있었다는 걸 그때는 미처 깨닫지 못했다. 창조를 보내주어야 할 때가 되어서야 비로소 난 내 꾀에 내가 넘어갔음을 통감하게 되었다.

"어머니, 창조를 잘 길러주셔서 고맙습니다."

학교 직원분의 말에 나는 잘 길러준 걸 고마워할 게 아니라 어젯밤에 이놈을 데리고 도망 안 간 걸 고마워하라며 공연히 심술을 부렸다.

지금 돌아보면 아들놈들 군대 보낼 때도 그때처럼 서운하진 않았다. 아니, 오히려 지쳐 있던 심신을 쉴 수 있다는 생각에 후련하기까지 했었건만, 창조를 보내던 그날은 나도 모르게 주책없이 눈물을 흘리고 말았다. 그래도 내심 한 가닥 희망을 품고 있었다. 창조가 종견*이 될 수도 있다는 직원분의 말을 들었기 때문이다. 창조가 영리한 데다 외모도 잘생겼기 때문에 몇 달간 훈련을 시켜보고 품성만 확인되면 종견이 될 수도 있다는 것이다. 종견만 된다면, 창조는 우리의 품에 다시 돌아올 수 있었다. 창조가 학교로 돌아간 후, 나 자신을 달래가며 초조하게 소식을 기다렸다.

**종견** 種犬. 번식 단계부터 건강하고 좋은 안내견이 태어나도록 교배를 위해 따로 선발한 우수한 수캐 그러나 가끔씩 들려오는 소식은 그다지 희망적이지 못했다.

"어머니, 창조가 집에서 우리가 봤던 모습과는 좀 다른데요."

드디어 올 것이 왔구나 싶었다. 학교에 있는 시간이 길어질수록 창조는 본색을 숨기기가 힘들었을 것이다. 창조는 눈치가 기가 막히게 빠르다. 한 달에 한 번씩 사후 관리를 위해 안내견학교에서 직원분이 방문할 때면 다른 아이가 된 것처럼 창조는 더할 나위 없이 고분고분했다. 당연히 직원분이 가고 나면 창조는 그 시간 동안 억눌렸던 본능을 한 번에 폭발시켰다. 40킬로그램 정도 나가는 그 큰 덩치로 이리 뛰고 저리 뛰고, 아주 혼을 쏙 빼놓곤 했다. 어떨 땐 나조차도 이 개가 아까 그 개가 맞나 싶을 정도였다. 그러니 종견은커녕 안내견도 되기 힘들겠구나 싶었다.

사실 평소 창조가 저지른 만행은 일일이 열거하기도 힘든 지경이다. 거실에 놓인 수박을 발로 굴리고 다니고, 그 큰 메론을 입으로 물고 다녔다. 한번은 아이가 조용해서 봤더니 아주 작은 금귤을 그 큰 발 사이에 넣고 껍질만 까먹고 있었다. 금귤이 껍질은 달고 속은 시다는 걸 눈치챈 것이다. 베란다 청소라도 할라치면 자기가 먼저 달려와 바가지며 호스를 물고 거실에서 뛰어다녔다. 그 바람에 바가지가 깨지고 거실은 온통 물바다가 되었다. 지금까지 창조가 깬 바가지가 무려 일곱 개는 되는 것 같다. 그래도 혹시 모르니 집에서 저질렀던 만행의 십 분의 일만 보여주길 간절히 빌었다.

그렇지만 에너지 넘치고 호기심 많은 놈들이 머리도 좋은 법이다. 창조는 숨바꼭질도 잘하고, 심지어 전화도 받는다. 전화벨이 울리면 가만히 전화기를 바라보다가 주둥이로 수화기를 툭 쳐서 내려놓는다. 한번은 직장에서 남편이 집으로 전화를 한 모양인데, 아무리 "여보세요"라고 해도 헥헥거리는 숨소리만 들리더란다. 물론 범인은 창조다.

창조는 또 애교도 많아서, 이리 오라고 하면 다가와서는 엉덩이부터 내 무릎 위에 얹어놓곤 한다. 어쩔 땐 아들놈들을 야단치노라면 아이들 곁에 얌전히 앉아 있다가 나를 보고 야단치지 말라는 듯 몇 번을 짖어대기도 하고, 어떤 때는 절묘한 타이밍에 방귀를 뀌는 바람에 모두를 웃게 만든 일도 있었다.

어떤 교장선생님이 "집안에 사춘기 아이가 있으면, 집안에 자식이 있다고 생각하지 말고 정신병자가 있다고 생각하라"는 극단적인 표현을 했는데, 그만큼 아들들이 사춘기에 접어들면서 나도 정말 힘들었다. 물론 아들놈들 역시 힘든 시기겠지만, 큰소리가 나는 일이 잦아졌고 아이들을 야단칠 때마다 화도 나고 걱정도 돼서 세상이 무너지는 것 같은 기분마저 들었다. 그러다 창조

창조는 늠름한 안내견이 되어
파트너 예지와 함께 내 앞에 다시 나타났다.
전과는 몰라보게 달라진 모습이었지만,
여전히 창조는 우리를 기억하고 있었다.

덕분에 웃고 넘기는 일을 경험한 후부터 나의 마음가짐도 약간의 변화가 생기기 시작했다. 지나고 보면 별거 아닐 수도 있는 일을 뭘 그리 심각하게 생각했는지, 잔뜩 찌푸렸다가도 강아지의 방귀 한 방에 한바탕 웃어넘길 수 있는 일이지 않은가? 인생은 가까이서 보면 비극이지만 멀리서 보면 희극이라는 찰리 채플린의 말이 새삼 실감 나는 순간이었다.

우려했던 대로 창조는 종견에서 탈락했다. 차라리 안내견도 탈락해서 같이 지내길 내심 바랐지만, 창조는 늠름한 안내견이 되어 파트너* 예지와 함께 내 앞에 다시 나타났다.

전과는 몰라보게 달라진 모습이었지만, 여전히 창조는 우리를 기억하고 있었다. 흥분을 주체하지 못한 창조는 몸을 뒤흔들고 중간에는 물까지 먹어가며 반가움을 온몸으로 표현했다. 그 덕에 집 안 바닥과 우리 얼굴은 창조의 침과 물로 범벅이 되었다. 그런 장난꾸러기 같은 창조가 신기하게도 임무 수행 중에는 완전히 다른 모습을 보여주었다. 창조의 어린 시절 모습을 속속들이 기억하고 있는 나로서는 무척이나 놀라운 일이었다. 그런데 한편으론 걱정스런 마음이 들기도 했다.

나는 창조의 파트너인 예지에게 물어보았다.

**파트너** 안내견과 짝이 되어 생활하는 시각장애인을 말함

"예지야, 지팡이를 사용하는 것이 더 안전하다는 생각은 안 드니? 창조는 살아 있는 생명체이기 때문에 아무래도 변수가 많잖아?"

"아니요. 지팡이를 짚고 가다가 갑자기 지팡이가 푹 꺼지면 덜컥 겁부터 났는데, 창조는 땅이 움푹 파이거나 계단이 나오면 미리 걸음을 멈춰 알려줘요. 마음의 준비를 할 수 있어서 참 좋고 안심이 돼요. 무엇보다 전 창조를 믿어요."

순간 창조가 안내견에서 탈락하여 함께 살았으면 했던 나의 이기심이 얼마나 부끄러웠는지 모른다. 내게 처음으로 조건 없는 사랑의 기쁨을 알게 해준 창조에게 지금도 깊은 고마움을 느낀다.


그럼에도 다시 퍼피워킹을 하면 사람이 아니라고 고개를 저었던 나는 학교 측의 권유로 두 번째 아이, 한올이를 입양하고야 말았다. 이런 헛똑똑이! 하지만 나름대로 꼼수는 있었다. 한올이를 길러주고 학교로 보낼쯤이면 종견이 된 창조가 교육을 마치고 돌아올 터, 한올이로 잠시 창조의 빈자리를 채울 심산이었던 것이다(이때만 해도 나는 창조가 종견이 되리라고 확신하고 있었다). 그러나 세상일이 어찌 내 마음대로 되던가?

뉴질랜드 최고 안내견의 피가 흐르는 생후 4개월의 한올이는 창조와 다르게 차분하고 사색적이며 속도 깊었다. 어린 강아지들은 다 창조 같을 줄 알았는데, 어쩜 이렇게 성격이 다를 수 있을까 싶어 신기했다. 한올이가 부리는 말썽이라고 해봤자, 휘파람 소리에 민감하게 반응하거나 다림질할 때 옷을 깔고 앉는다거나 병원

에 가면 좀처럼 나오려 하지 않는다는 것 정도(병원을 너무나 좋아하는 한올이 때문에 의사 선생님들이 간식으로 꼬여 밖으로 데리고 오는 방법을 쓰기도 했다). 고집이 좀 센 것 같다는 인상을 받긴 했지만 그다지 큰 문제가 될 것 같지는 않았다.

한번은 우리 내외와 함께 산책을 나갔는데, 우리 중 한 사람이 잠깐 볼일이 있어 뒤처지자 그 사람이 올 때까지 버티고 앉아 꼼짝도 안 하는 것이었다.

게다가 한올이는 참을성도 많았다. 아이들 때문에 속상한 일이 있어 일주일 정도 누워 있을 때도 한 번도 조르는 법 없이 내 머리맡과 발치에서 머물렀다. 보통 하루에 두 번은 매일같이 산책을 했기에 어지간히 좀이 쑤셨을 텐데도 말이다. 이러니 개의 탈을 쓴 사람 같다는 생각이 절로 들었다. 모든 걸 포기하고 싶을 정도로 고통스러웠을 때도 나를 일으켜 세운 것은 한올이었다. 만약 내가 여기서 포기하면 한올이는 다시 학교로 돌아가게 될 것이고, 그러면 한올이의 품성에도 나쁜 영향을 미치게 될 거란 생각이 들자 나는 힘을 낼 수 있었다. 그 와중에도 한올이는 고맙게도 별 탈 없이 잘 자라주었다.

학교로 돌아갈 때 직원분이 한올이 역시 종견의 가능성이 있어 보인다고 말해주었다. 그러나 한올이도 종견 탈락이었다. '아니,

한올이만큼 안내견에 적합한 품성을 갖춘 놈이 어디 있다고 탈락이야? 게다가 아빠가 뉴질랜드 제일의 안내견이라는데, 이 정도면 유전적으로도 검증된 놈 아닌가? 학교 선생님들, 언젠가는 한올이 종견 탈락시킨 것을 후회할 날이 있을 겁니다'라고 퍼부은 것은 물론 속으로만 한 말이다.

우리 곁을 떠나 안내견이 된 한올이는 대구에 사는 경호라는 대학생과 짝이 되었다. 졸업식에서 본 경호의 인상은 붙임성 있고 밝고 다정다감해 보였다. 우리는 경호와 연락하기로 하고 전화번호도 주고받고 헤어졌다.

며칠 후, 경호로부터 전화가 걸려왔다. 약간은 들뜬 목소리로 소식을 전해왔다.

"어머니, 저 경호입니다. 어제 태어나서 처음으로 혼자 햄버거를 먹고 왔습니다. 물론 한올이가 함께해준 덕분이죠. 한올이가 없을 때는 다른 사람의 도움 없이 혼자서 이런 걸 해볼 엄두조차 내지 못했는데, 처음으로 자유라는 게 이런 거구나 알게 되었습니다."

사실 한올이가 종견에서 탈락했을 때도 적잖이 서운했었는데, 나의 이기심이 또 한 번 크게 흔들리고 말았다. 우리가 아무런 제약 없이 해왔던 일상적인 일들이, 어떤 사람에게는 자유라는 소중한 가치를 지녔던 사실을 새삼 깨닫게 되는 순간이었다. 시작은 지극히 이기적이었지만 결과적으로는 내가 좋은 일을 했다는 생각이 들었다.

한 달쯤 지났을까? 경호로부터 또다시 연락이 왔다. 서울에 올일이 있는데 우리 집에 한번 들르겠다는 내용이었다. 물론 반가웠지만 그 전에 먼저 학교 측과 상의를 해야만 했다. 안내견이 파트너와 깊은 유대감을 갖기도 전에 퍼피워커와 만난다면 강아지가 심리적으로 흔들려 앞으로 적응하는 데 힘들 수도 있기 때문이다. 다행히 학교 측의 허락을 받고 한올이와 경호가 오는 날, 지하철역으로 마중을 나갔다.

한올이는 나를 알아보고 좋아서 어찌할 바를 몰라 했다. 가슴속으로 찌릿찌릿 전류가 훑고 지나갔다.

그날 밤, 우리 식구들은 밤늦게까지 거실에 모여 한올이와 회포를 풀었다. 그런데 한올이는 우리와 놀다가도 경호가 잠들어 있는 방을 수시로 드나들었다.

다음 날 아침에는 경호에게 양해를 구하고 한올이에게 볼일을 보게 하려고 밖으로 나왔다. 어렸을 때 매일 쉬를 하던 아파트 뒤뜰로 데려가서 볼일을 보고, 이왕 나온 김에 산책이라도 좀 할 생각으로 한올이에게 산책하자고 줄을 당겼다. 그런데 아무리 목줄을 잡아당겨도 움직이지 않는 것이었다. 전 같으면 먼저 앞장을 서던 녀석인데 말이다. 네다리로 꽉 버티고 서서 꼼짝도 하지 않기에 하는 수 없이 집으로 방향을 돌려 "왜 집에 가고 싶어?" 하니, 이 말이 떨어지기가 무섭게 한올이가 집 쪽으로 홱 돌아서더니 달리다시피 앞장서서 걷기 시작했다.

그리고 집으로 돌아오자마자, 경호가 자고 있는 방부터 들어가 경호가 잘 있는지를 살피는 것이었다. 마치 경호를 보호하는 것이 자신의 책임과 의무인 양 생각하는 것 같았다. 경호와 한올이가 만난 지는 고작 한 달이 조금 넘었을 뿐이었는데, 그새 둘 사이에는 강한 유대감이 형성된 듯했다.

한번은 경호가 한올이가 은퇴하면 자기가 데려와 함께 살 것이라고 말했다. 물론 나로서는 반갑고 고마운 일이지만, 서로에게 힘들지 않겠느냐는 이야기를 조심스럽게 해보았다.

"만약 새 안내견을 받지 않는다면 경호는 다시 지팡이를 짚어야 할 거야. 또, 한올이를 집에 두고 새 안내견을 맞이하면 한올이는 뒷방 영감님 신세가 되어 스트레스를 받게 될 텐데……."

그러나 경호의 결심은 단호했다. 경호는 결코 새 안내견을 받지 않겠다고 다짐했고, 한올이가 은퇴하자 그 말을 지켰다. 새 안내견을 포기하고 한올이를 선택한 경호는 그렇게 한올이와 평생의 동반자가 되었다.


그 후로 나는 두 아이를 더 만났다.

활동적이고 힘이 넘치는 독립심 강한 보리, 그리고 넷째 바람이까지 모두 하나도 빼놓을 수 없는 소중한 내 보물들이다. 창조, 한올, 보리, 바람. 이 소중한 아이들이 있어 나는 정말 행복했고, 이들은 내게 있어 내 인생 최고의 선물이다.

# 우리 화랑이가 최고다!

안양시 귀인동 · 이희숙

사회화 훈련을 하기 위해 화랑이와 함께 공공장소를 다니다 보면 이런 말들을 듣곤 한다.

"정말 착하게 생겼다."

"어머! 쟤 눈 쪼그만 거 봐."

"귀엽긴 하다."

물론 우리 화랑이의 눈이 작긴 하다. 가끔가다 나도 눈을 감고 있는지 뜨고 있는지, 자고 있는지 깨어 있는지, 가까이서 확인해볼 때가 있을 정도니 말이다.

그렇지만 예로부터 눈이 작은 사람이 야무지고 영리하다는 말도 있지 않은가? 화랑이는 매우 영민하고 눈치도 빠르다. 외출하고 돌아왔을 때 집 안이 엉망인 것을 보고 내가 불편한 심기라도 드러낸다 싶으면, 화랑이가 제일 먼저 눈치를 채고 크레이트* 안으로 쏙 들어가 쥐 죽은 듯 있곤 한다. 그런 화랑이의 모습을 본 딸 연수는 빛의 속도로 책상 앞에 앉아 숙제를 하는 척 책을 펼친다. 남편은 그제야 심상치 않은 집안 분위기를 눈치채고 마지못해 하며 싱크대 앞에 서서 설거지를 시작한다.

연수가 덜 혼나고, 남편이 잔소리를 덜 듣는 건 어찌 보면 눈치 빠르고 똑똑한 화랑이 덕분일 것이다.

이렇게 명석한 화랑이건만, 그놈의 외모 때문에 사람들이 화랑이의 진가를 알아보지 못하는 것 같다. 사람처럼 개도 외모가 중시되는 시대인가.

한번은 관리차 우리 집을 방문한 목 선생님께서 별안간 이런 말씀을 하시는 것이었다.

"어머니, 힘찬이는 정말 모색이 하얀 게 너무너무 예뻐요!"

**크레이트** 개를 이동하거나 별도의 공간을 위해 마련하는 이동형 집

안내견학교에는 우리 화랑이를 포함해 골든 리트리버가 세 마리뿐인데, 그중 하나인 힘찬이 이야기를 굳이 왜 우리 집에 와서 하는지, 마치 우리 화랑이는 예쁘지 않다는 말로 들렸다. 그런 속마음이 얼굴에도 드러난 모양인지 선생님은 뒤늦게 말끝을 흐리며 수습하듯 말했다.

"에이, 화랑이는 귀엽잖아요……."

보통 사람에게 착하게 생겼다, 귀엽게 생겼다 하면 결코 예쁘게 생긴 건 아니란 뜻이라던데, 역시나 화랑이는 예쁘게 보이진 않은 모양이었다.

유쾌한 우스갯소리처럼

화랑이는 우리 가족 곁에서 사랑과 행복을 전해주고 있다.

심지어 환희의 퍼피워커께서는 화랑이를 볼 때마다 가수 박진영을 닮았다고 한다. 라임이 퍼피워커께서는 한술 더 떠서 박진영보다는 오히려 탤런트 백일섭 씨를 더 닮았다고 한다. 물론 박진영은 노래도 잘하고 프로듀싱도 잘하는 멋진 가수이고, 백일섭 씨역시 멋진 연기자이지만 기왕이면 장동건이나 정우성을 닮았다고하면 얼마나 좋았을까.

다른 퍼피워커분들의 이야기를 들어보면 후보견들과 힘들었다거나 곤란한 상황에 처한 사연들이 많아서 안타까웠던 적이 한두번이 아니었다. 그런데 다행스럽게도 우리 화랑이는 워낙 착하고명령에도 잘 순응해서, 화랑이와 함께하면서 힘들거나 속상했던일이 거의 없었다.

유쾌한 우스갯소리처럼 화랑이는 우리 가족 곁에서 사랑과 행복을 전해주고 있다. 화랑이를 비롯한 골든 리트리버 세 마리, 퍼피워킹 중인 모든 래브라도들, 현직 안내견들, 은퇴견들, 조기 졸업견들 그리고 그 가족들, 모두모두 아무쪼록 행복하고 건강했으면 좋겠다.

# 레디와 헬렌이네
# 산후조리원

서울시 등촌동 · 임수진

삑삑 삑삑 삑삑~ 요란한 소리가 집 안 가득 울려 퍼진다. 레디와 헬렌이 홈커밍데이*에 선물로 받은 삑삑이 인형을 나란히 물고 집 안 곳곳을 돌아다니며 내는 소리다. 그새 녀석들은 사이좋은 친구가 되었다. 텃세 부리지 않고 새 친구를 따뜻하게 맞이해준 레디에게 감사할 따름이다.

레디와의 첫 만남은 삼성화재안내견학교와의 인연으로 시작되었다. 2011년 10월 2일, 퍼피워킹을 결심한 우리 가족은 안내견학

**홈커밍데이** 퍼피워킹, 은퇴견, 견사 자원봉사자가 1년에 한 번 안내견학교에 모여 사진 전시, 가족 게임을 즐기며 함께 어우러지는 자리

교를 찾았다. 그리고 그곳에서 미국 안내견학교에서 9주간을 지내고 바로 전날 도착한 레디와 만나게 되었다.

레디와의 퍼피워킹은 매일매일이 새로움 그 자체였다. 무엇보다도 세상을 바라보는 눈이 넓어졌다. 평소 이해한다고 생각했지만, 막상 몸으로 부딪히며 생각과 다른 현실을 발견하고는 놀라기도 했다. 덕분에 상처를 받기도 했지만, 그만큼 강해질 수 있었던 것 같다.

지나고 보니 조금이나마 시각장애인의 입장에서 세상을 바라볼 수 있게 되었고, 좋은 분들과도 많이 만날 수 있었던, 정말이지 꿈같은 시간이었다.

행복한 시간은 유난히 빠르게 흐르는 법이다. 어느덧 레디가 학교에 입학할 때가 되었고, 우리는 이별을 준비해야만 했다. 그래도 헤어짐의 아쉬움보다 설레는 마음이 더 컸다. 안내견이 된 레디가 누군가의 밝은 빛이 되어주기를 간절히 기대했다.

그러나 고관절에 약간의 문제가 발견되면서 안내견학교에 입학조차 할 수 없게 되었고, 레디는 계속해서 우리와 함께 지내게 되었다. 그 후론 이제는 더 이상 안내견학교에 갈 일이 없을 거라 생각했다. 그런데 뜻밖의 행운이 우리를 찾아왔다. 모견인 큰꿈이의 산후 조리와 아가 셋을 맡게 된 것이다.

한꺼번에 네 마리의 강아지를 맡게 된 것이 처음부터 마냥 좋지만은 않았다. 그만큼 책임감과 걱정도 뒤따랐기 때문이다. 우리 가족들은 모두 아기 강아지들을 돌보느라 밤잠까지 설치며 정신없는 나날을 보내야만 했다. 그래도 세 자매가 하루가 다르게 무럭무럭 자라는 모습을 보며 뿌듯함을 느꼈다.

큰꿈이는 레디와 또 다른 성격이었다. 세 자매도 성격이 저마다 달랐다. 큰언니 천사는 맏이답게 의젓했고, 둘째 청실이는 투정이 많았지만 똑똑했다. 초롱이는 막내라 애교도 부리며 우리 가족의 사랑을 독차지했다.

무더운 여름의 끝에 태어난 세 자매는 항상 얼음주머니와 함께 해야 했다. 서로 얼음주머니를 차지하려고 아옹다옹하던 모습이 기억에 남는다.

특히나 청실이는 울다가도 얼음주머니를 곁에 넣어주면 울음을 뚝 그치곤 했다. 가르쳐준 적도 없는데 세 자매는 꼭 배변판에다 볼일을 보았다. 아마도 큰꿈이가 아기 강아지들에게 가르쳐준 모양이었다.


모든 것이 그저 감사의 연속이었다. 봉사를 할 수 있게 허락된 시간과 장소에 감사했다. 우리 가족들을 믿고 아기들을 온전히 맡

겨준 큰꿈이에게 감사했고, 아가들에게 선뜻 자기 자리를 내준 배려심 깊은 레디에게도 감사했다.

어떤 상황 속에서도 불평불만 없이 서로 시간을 맞추어 낮이든 밤이든 함께 아가들을 돌보아준 가족들에게도 감사했고, 틈틈이 조언과 도움을 아끼지 않으시던 안내견학교 선생님들께도 감사했다. 무엇보다도 건강하고 예쁘게 무럭무럭 자라준 아기 강아지들에게 한없이 감사했다.


큰꿈이와 세 자매를 그렇게 떠나보내고, 또다시 우리 가족은 미국에서 온 모견인 오드와 아기 강아지 큰빛과 큰힘 두 남매를 새로 맞이하게 되었다. 강아지 케어가 두 번째인 만큼, 이번에는 처음보다 잘 해내리라 자신했다.

그러나 남매는 세 자매와는 또 달랐다. 우리 가족은 여전히 서툴 수밖에 없었고, 역시나 모든 순간이 새로웠다. 게다가 큰꿈이 때와는 다르게 엄마인 오드가 예정보다 일찍 안내견학교로 돌아가게 되었다.

너무나 빨리 엄마 품을 잃은 아이들이 그저 안쓰럽기만 했다. 우리 가족은 돌아가며 아가들이 잠든 펜스 곁을 지켰다. 어느 날은 아가들의 체중을 확인하고 펜스 옆에서 깜빡 잠이 들었는데,

포근함에 깨보니 남매가 어느새 펜스를 넘어와 내 품에서 잠들어 있는 것이었다. 아무래도 엄마 품이 그리운 것은 어쩔 수 없는 모양이었다.

또, 펜스를 청소하기 위해 남매를 펜스 밖에 내놓으면 여기저기 살피고 돌아다니다가도 어김없이 레디의 품으로 숨어 들어가곤 했다.

천천히 돌아보니, 그들은 모두 우리 가족에게 큰 사랑과 행운을 한가득 안겨주었던 것 같다.

늦은 여름, 우리 집에 와서 무더위와 싸워야 했던 천사, 청실, 초롱 세 자매. 얼음덩어리를 넣어주면서도 행여나 감기에 걸릴까 염려하여 얼음을 뽀송뽀송한 수건으로 감싸주었던 기억들이 눈에 선하다.

또 겨울에 태어나 크리스마스를 함께 보낼 수 있었던 큰빛과 큰힘 남매. 기념 촬영을 한다고 만반의 준비를 다 했건만, 내내 졸린 표정을 짓던 모습이 아직도 생생하다.

그런데 지금, 우리 가족은 그동안 정들었던 귀여운 아가들에 대한 그리움보다도 더한 기대감에 부풀어 있다. 이유는 또다시 새로운 식구를 맞이했기 때문이다.

천천히 돌아보니,
그들은 모두 우리 가족에게
큰 사랑과 행운을
한가득 안겨주었던 것 같다.

바로 레디와 함께 삑삑이 인형을 물고 온 집 안 곳곳을 누비는 헬렌이 그 주인공이다. 대만에서 온 모견 헬렌은 '사랑스럽다'라는 표현이 가장 잘 어울릴 정도로 사랑이 넘치는 아이다. 아마도 지금 우리 가족 중에 레디를 가장 사랑하는 것같이 느껴질 정도로 레디와도 참 잘 지낸다.

언젠가 헬렌도 우리 곁을 떠나겠지만, 우리 가족은 조금이라도 더 많은 시간을 헬렌과 보내려 한다. 앞으로 헬렌, 레디와 함께할 날들을 기대하며, 지나가면 다시는 오지 않을 이 소중하고 감사한 시간들을 매 순간 감사하는 마음으로 살고자 한다.

# 너도 내 나이
# 돼봐라!

성남시 서현동 · 이경수

내 이름은 행복이고, 안내견학교 시범견*이었다. 사람들은 나를 보고 어쩜 그렇게 잘생기고 똑똑하냐며 칭찬했지만, 나는 학교에만 있는 것이 싫었다. 나도 다른 친구들처럼 집에 가고 싶었고, 무엇보다 가족이 그리웠다. 그러던 중 어찌어찌하여 2010년 10월, 지금의 하얀 집으로 오게 되었다.

하얀 집에는 대식구가 살고 있었다. 10년이 넘게 터줏대감으로 살고 있던 승리 할아버지가 2009년 12월, 하늘나라로 가신 후 오

---

**시범견** 안내견학교를 방문한 사람들을 위해 거리에서 안내견이 훈련하는 모습을 재현하고 안내견 체험 보행을 하는 개를 말함

신 대비 할머니가 계셨고, 청아 누나와 나와 동갑인 실비가 살고 있었다. 대비 할머니는 워낙 노령이시라 누워 계셨는데, 청아 누나도 어디가 아픈지 잘 걷지 못하고 대부분 누워 지냈다. 아줌마는 청아 누나에게 "미안하다. 일찍 발견했어야 하는데, 정말로 미안하다"고 하며 눈물을 짓곤 했다. 그러면 청아 누나는 맑은 눈망울을 하고선 아줌마의 눈물을 핥아주었다.

"괜찮아요, 울지 마세요."

아프면서도 청아 누나는 도리어 아줌마를 위로했다.

실비는 청아 누나가 아프든 대비 할머니가 아프든 관심도 없이 자기 먹을 것과 산책 가는 것에만 신경을 쓰는 듯했다.

그러던 2011년 2월의 어느 날, 아줌마가 갑자기 울음을 터뜨렸고 나는 근처에 사는 이모네로 보내졌다. 다시 집에 돌아왔을 때, 청아 누나는 보이지 않았다. 청아 누나가 하늘나라로 간 다음부터 실비는 잠만 잤다. 산책 가는 시간을 빼고는 계속 잤다. 나한테도 별로 장난도 안 걸고 관심도 보이지 않았다. 그동안 내색은 안 했지만 실비는 청아 누나를 많이 걱정하고 좋아했던 것 같다. 2012년 3월 어느 날에는 대비 할머니도 학교로 가더니 그 후로는 못 보게 되었다. 이제 대식구였던 집 안에는 나와 실비만 남았다.

청아 누나가 하늘나라로 간 지 얼마 지나지 않았을 때의 일이다.

아저씨랑 실비랑 산책 나갔다가 만난 하얀 진돗개가 갑자기 짖는 바람에 혼비백산하여 도망을 쳤다. 아저씨가 나를 따라왔기에 망정이지 하마터면 집을 잃을 뻔했다. 난 그날의 일이 너무 창피했다. 그래서 요즈음에는 진돗개만 보면 혼을 내주곤 한다. 지난 장마 때는 털이 젖는 것이 싫어서 거실에서 실례를 몇 번 했다. 참으려고 했지만, 어쩔 수 없었다. 모두 창피한 기억이다.

내가 좋아하는 일 중의 하나는 집 안 구석구석을 살피는 것이다. 특히나 위층에 가면 아이들이 먹다 남긴 과자를 발견할 수 있어 좋다. 하지만 뭐니 뭐니 해도 아줌마가 음식을 하는 부엌이 나는 세상에서 제일 좋다. 음식 냄새도 좋고, 무엇보다 아줌마가 실수로 떨어뜨린 음식을 주워 먹는 재미가 쏠쏠하다. 가끔은 아줌마가 간을 보라고 만들던 음식을 조금 주기도 한다.

산책을 하다 보면 아줌마, 아저씨, 누나, 형들이 구름처럼 모여들어 나를 만지고 쓰다듬고 잘생겼다며 감탄을 한다. 그런데 아줌마, 실비, 나 모두는 사실 'old'하다. 그래서 걸을 때도 조심조심 천천히 걷게 되는데, 그런 우리를 보고는 어떤 아저씨가 묻는다.

"개들이 왜들 다 천천히 걸어요?"

그러면 나는 속으로 대꾸한다.

"너도 내 나이 돼봐라!"

# 다.오.찬.강.아.지.자.

캐나다 · 윤기호

　드르렁 쿨쿨—. 옆에서 코를 골며 자고 있는 녀석의 이름은 지성. 올해 10살로 영감티가 팍팍 난다. 녀석의 눈가와 입가에 난 허연 털이 세월의 흔적을 말해주고 있다. 작년 9월에는 왼쪽 뒷다리 인대 수술을 했고, 신경 질환으로 눈이 돌아가고 제대로 서 있지도 못하더니, 올해 9월에는 오른쪽 뒷다리의 인대 수술까지 했다. 지성이는 일본에서 오디의 아들로 태어나, 7주 만에 한국으로 건너와 우리에게 입양되었다. 일 년여를 우리 가족과 함께 사회화 훈련을 하고 삼성화재안내견학교에 입학해서 다시 일 년여 집중 교육을 받은 뒤, 어느 시각장애인에게 입양되었다. 그러나 파트너의

사정으로 파양된 뒤, 우리 가족의 품으로 다시 돌아와서 지내게 되었고, 지금은 캐나다로 이민을 와서 우리와 함께 지내고 있다. 참으로 오랜 인연이 아닐 수 없다. 이 정도면 애완견이 아니라 진정한 '우리의 가족'이다.

그동안 우리 가족은 퍼피워킹을 통해 모두 일곱 마리의 강아지들과 인연을 맺었다. '다오찬강아지자.' 이게 무슨 뜻인지 아는 사람은 거의 없을 것이다. 우리가 퍼피워킹을 한 일곱 아들의 이름을 첫 글자만 따서 부르는 우리들만의 호칭이기 때문이다. 부르기도 쉬운 데다 이름을 잊어버리지 않을 수 있어서 이렇게 부른다.


우리 가족에게 퍼피워킹은 운명적으로 다가왔다. 큰딸 미리내가 4학년이고 막내 남욱이가 3학년일 당시, 우리 가족은 넉넉지는 않아도 행복하게 살아가고 있었다.

그런데 어느 날, 장모님께서 많지 않은 연세에 갑작스럽게 세상을 떠나셨다. 살아계실 때 잘해드리지 못한 죄책감 때문인지, 평소 밝고 명랑하던 아내는 우울증 비슷한 증세를 보였다. 5개월 정도 지난 후에도 아내의 우울증은 계속되었고, 그런 모습은 자라나는 아이들에게도 좋지 않은 영향을 미칠 것 같았다.

많은 생각 끝에 써니라는 이름의 3개월 된 골든 리트리버를 입양했다. 써니가 입양된 후, 아내는 써니에게 신경을 쓰느라 잠시나마 돌아가신 어머니 생각을 잊는 듯했다. 표정도 전보다 한결 밝아졌다. 그러나 그것도 잠시, 약 2개월 후 써니가 홍역으로 우리 가족과 이별을 하고 뒤이어 남욱이마저 맹장으로 입원을 하자, 아내의 표정은 다시 굳어져 갔다. 그러던 중 우연인지 필연인지 남욱이가 입원해 있는 병원 로비에서 '퍼피워킹 안내 광고'를 보게 되었다. 광고를 보며 써니와 지내며 입가에 미소 짓던 아내의 모습이 떠올라, 한마디 상의도 없이 삼성화재안내견학교에 전화를 해서 퍼피워킹을 신청하게 되었다.

그때 전화를 받으신 분이 목나영 선생님이었다. 그리고 10여 일 후, 목 선생님은 가정환경 조사차 우리 집에 오게 되었다. 호수로 기억되는 안내견도 함께 데려왔는데, 안내견의 첫인상은 멋스럽고 큰 편이었는데, 말을 잘 듣고 얌전했다. 실내에서 키우기에는 좀 크긴 했지만 거부감은 없었다. 다만 자그마한 체구의 아내(지금의 몸무게는 나도 모르는 국가기밀이지만)는 큰 개를 집 안에서 키우는 것이 너무 부담스럽고 무섭다며 처음에는 반대했다. 물론, 나와 아이들의 끈질긴 설득 끝에 마음을 돌릴 수밖에 없었지만 말이다.

가정 방문이 있고, 약 일주일 후쯤에 기다리던 연락이 왔다. 우리 가정은 퍼피워킹하기에 적당한 가정으로 평가되었다. 그렇게 다움이는 우리 가족의 구성원이 되었다. 그런데 안내견과 마찬가지로 후보견 역시 멋지고 얌전하고 말도 잘 들을 거라 생각했던 우리의 기대와는 달리 다움이는 호기심이 어찌나 많은지, 모든 것에 냄새를 맡아보고 입으로 물고 발로 건드려 보며, 곳곳에 마킹(소변)도 하면서 온 집 안을 돌아다녔다. 다움이가 우리 집에 온 첫날, 겨우 한나절이나 지났을까? 우리 식구 입에서는 "안 돼"라는 단어가 수십 번도 넘게 나왔고, 급기야 아내의 입에서 우리가 잘못 생각한 것 같다며 다움이를 돌려보내자는 말까지 튀어나왔다. 그렇게 2주 정도가 지났다.

그사이, 다행인지 불행인지 다움이는 하루가 다르게 성장해나갔다. 몸무게도 일주일에 약 1킬로그램 정도는 늘어나는 것 같았다. 또한, 안내견학교에서 가르쳐주는 대로 반복 학습을 하다 보니 2주 만에 기본적인 복종 훈련을 마칠 수 있었다. 특히, 가장 힘들다던 배변 훈련은 강아지들의 특성을 파악하면서부터 쉽게 해결해나갈 수 있었다.

귀찮음과 번거로움도 잠시, 퍼피워킹을 통해서 가족 간의 공통 관심사가 생기고 세대를 뛰어넘는 공감대가 형성되기 시작했다. 특히 아이들에게는 그동안 부족했던 책임감이 생겼다. 학교활동에 적극적으로 임하고, 친구들을 배려하는 등 한층 성장하는 아이

들의 모습을 볼 수 있었다. 아내 역시 다움이를 돌보면서 예전의 밝은 모습으로 되돌아왔다.

한편 다움이와 함께하며 미처 알지 못한 현실의 벽을 깨닫기도 했다. 마트에 쇼핑을 갔다가 개는 입장이 안 된다며 입장을 저지 당하기도 했다. 보안 요원에게 아무리 차근차근 안내견이 무엇인 지 설명을 해도 소용없었고, 뒤이어 나온 책임자 역시 다움이의 입장을 허락하지 않았다. 지금도 그렇지만, 당시 우리 사회의 안 내견에 대한 인식은 참으로 부족했다.

다움이와 함께한 일 년이 순식간에 지나가고, 어느덧 이별의 시 간이 다가왔다. 다 장성한 아들을 군대에 보내는 어머니의 마음이 이럴까, 딸을 시집보내는 아버지의 마음이 이럴까? 왜 좀 더 잘해 주질 못했을까, 왜 더 많이 사랑해주질 못했을까 하는 생각이 아 쉬움으로 남았다. 그러면서 종견이 되면 우리 가족과 같이 지낼 수 있는데, 아니면 안내견에 탈락이라도 해서 같이 지내면 얼마나 좋을까 하는 생각도 했다. 아마도 대부분의 퍼피워커들의 마음이 이럴 것 같다. 그즈음, 안내견학교에서 '은밀한' 제안이 들어왔다. 이별의 상처는 새로운 인연을 만나 극복하는 것이라며, 어렸을 때 사고로 꼬리를 잃은 검은 강아지가 뉴질랜드에서 왔는데, 다움이

입교시킬 때 보고 결정하라는 것이었다. 그땐 그런 배려가 참 고마웠는데, 실상 그것은 퍼피워킹이라는 중독에 빠지게 하려는 안내견학교의 '악마의 유혹'과도 같은 작전(?)이었다.

다움이와 이별의 날, 그야말로 울음바다가 되었다. 그러나 녀석은 엄마의 이런 심정을 아는지 모르는지 훈련사의 손에 이끌려 정말 힘찬 발걸음으로 입교를 했다.

접견실에서 허탈한 마음을 추스르고 있다가 학교 앞 잔디밭으로 나가보니 그곳에는 웬 흑염소 한 마리가 서성이고 있었다. '오디'의 첫인상은 영락없는 흑염소였다. 깡마른 몸에 새까만 털, 몸통 끝에 붙어 있는 듯 없는 듯한 꼬리, 엄청 힘차게 흔들어대는 엉덩이, 까맣지만 선한 눈. 우스꽝스럽지만 강렬한 오디의 첫인상이었다.

결국 선한 눈망울에 이끌려 오디를 데려와 함께 지내게 되었는데, 힘든 일이 참 많았다.

검고 꼬리가 없다 보니 도사견이나 사냥개로 오해를 사서 그런 개를 공동주택에서 키우면 어떻게 하느냐, 아이들한테 위험한 개다 등등의 항의를 받곤 했다. 심지어 저녁에는 교육을 나갔다가 오디를 보고 놀라 소리를 지르는 사람 때문에 우리가 더 놀란 경우도 다반사였다.

어쩐지 오디를 보면 케냐에서 온 검은 용병들이 떠오른다. 형님 네 공장에서 일하는 그들은 외모와는 다르게 심성이 고운 순둥이들이다. 그러나 보이는 이미지 때문에 많은 불이익을 받곤 한다. 단지 검다는 이유로 말이다. 오디 역시 너무도 순하고 착한 성품을 가졌다. 강한 모습과는 다르게 천둥 번개라도 치면 깜짝 놀라 엄마 품에 뛰어드는가 하면, 놀란 뒤에는 멋쩍은지 특유의 엉덩이 흔드는 모습으로 가족들을 미소 짓게 만들었다. 그런 오디가 사람들로부터 불평등한 대우를 받는 것을 보면 마음이 아팠다.

오디가 차별 대우를 받는 모습은 뜻밖에도 아내를 변화시켰다. 다움이 때는 소극적인 태도를 보이던 아내가 오디를 위해 용기를 내기 시작한 것이다. 장차 안내견으로서의 임무를 훌륭히 수행할 수 있도록 아내는 오디를 데리고 다니며 많은 것을 보여주고 가르쳐주었다. 또, 사람들에게 오디를 보여주며 시각장애인 안내견을 홍보하는 데에도 열을 올렸다. 덕분에 아내는 시각장애인견을 돌보고 길들이는 데 준 프로가 다 되었다.

그렇게 가족 모두가 오디에게 신경을 쓰고 있는 사이, 학교로부터 안 좋은 소식이 들려왔다. 수개월 전 입교한 다움이가 집착이 강하다는 이유로 안내견 부적합 판정을 받고 학교에서 조기 퇴소된다는 것이었다. 가정방문 교육* 때는 말도 잘 듣고 학습 능력도 좋아 안내견의 가능성이 보인다고 했는데, 기대가 크면 실망이 크다고 우리 가족은 억장이 무너지는 듯했다.

탈락견에 한해서 퍼피워커에게 일반 분양을 받을 수 있는 혜택이 주어졌다. 당연히 우리는 다움이를 분양받기로 결정을 했다. 그러나 안내견도 아닌 일반 대형견을 공동주택에서 키운다는 것은 15년 전 한국 여건상 거의 불가능한 일이었다. 막막하던 차에 미국에서 살고 있는 여동생에게 연락을 해보니, 여동생은 대환영이라며 반겼다. 다움이는 그 즉시 이민 수속을 받고 미국의 필라델피아로 보내졌다. 그런데 이 일을 계기로 탈락 안내견의 미국 이민 러시가 이루어졌다. 다움이가 자유분방한 미국의 개들에 비해 얌전하고 의젓해서, 보는 사람마다 분양받기를 원했기 때문이라는 후문이다.

오디와의 일 년도 눈 깜짝할 사이에 지나가고 어김없이 이별의 시간이 찾아왔다. 그리고 누렁이와 검둥이에 이어 우리 가족은 혼혈아를 또 입양받게 되었다. 골든 리트리버와 래브라도 리트리버의 믹스견인 이름 하여 골든랩 '찬비'였다. 그런데 찬비는 그동안

**가정방문 교육** 퍼피워킹 담당자가 월 1회 자원봉사자 가정을 방문해 예비 안내견 돌보는 법을 알려주는 교육

의 아이들과는 달리 매우 특별했다.

당시 〈동물농장〉이라는 TV 예능 프로그램에서 다큐멘터리 방식으로 안내견의 탄생에서부터 파트너에게 기증되기까지의 과정을 카메라에 담고자 했는데, 그 주인공으로 찬비가 선택되었던 것이다. 찬비는 태어나기 전부터 방송을 타기 시작한 모태 스타견인 셈. 비록 방송 기간은 2주에 불과했지만, 촬영 기간은 무려 2년여나 되었다. 그래서인지 찬비의 입양은 시작부터 남달랐다. 보통은 안내견학교에서 봉사자의 가정과 궁합이 맞을 듯한 아이를 선택해서 분양하는 게 일반적이다. 하지만 찬비의 경우는 사전에 전화가 먼저 왔다. 방송 때문에 많이 번거롭고 불편할 텐데 협조가 가능하겠냐는 내용이었다.

10년 전만 해도 안내견에 대한 인식이 많이 부족했던 시기라, 오히려 이런 방송이 사람들의 인식을 바꿀 수 있는 좋은 계기가 될 듯했다. 그리고 누군가는 나서서 번거로움을 감수해야 한다는 생각이 들었기에 선뜻 찬비를 입양하고 방송에 협조하기로 했다. 비록 잊을 만하면 방송국에서 찾아와 촬영을 하는 바람에 약간의 번거로움은 있었지만, 찬비와 함께한 시간은 참으로 즐겁고 보람된 시간이었다.

귀찮음과 번거로움도 잠시,
퍼피워킹을 통해서 가족 간의 공통 관심사가 생기고
세대를 뛰어넘는 공감대가 형성이 되기 시작했다.
참으로 즐겁고 보람된 시간이었다.

찬비는 생후 7주차에 우리 집으로 왔다. 첫째 다움이나 둘째 오디가 어느 정도 자란 생후 3개월경에 우리 집에 온 터라, 가족들은 갓난아기의 모습을 고스란히 간직하고 있는 찬비를 유난히 예뻐했다. 더군다나 골든과 래브라도의 혼혈이다 보니 털은 길고 소복하며 7주차 강아지인데도 발의 크기가 또래 래브라도보다 크고 전체적으로 골격도 컸다. 지금 생각해보니 안내견학교에서 방송용 모델을 참 잘 고른 듯하다.

다만 찬비는 유난히 식탐이 많아서 약간 고생을 한 케이스였다. 다른 봉사자들이 알면 안 되지만, 사실 첫째 다움이의 경우는 먹어도 살이 안 찌는 체질이라 학교에서 특별히 영양식을 제공하기도 했었다. 그런데 찬비는 주는 대로 다 먹고 그것도 부족한지, 여기저기 먹을 것을 찾아다니곤 했다. 한번은 TV에서 고기를 먹는 장면이 클로즈업되자, 냄새도 안 나는 TV 앞에서 눈도 못 떼고 있었다. 식사를 할 때면 식탁 밑에 얌전히 앉아 기다리도록 교육을 했는데, 찬비는 좀처럼 미련을 버리지 못하고 하나만 달라는 애처로운 눈빛을 보이다가 지치면 식탁 밑에 드러눕곤 했을 정도였다.

어느 날에는 찬비를 데리고 한 마트에 들른 적이 있었다. 다움이 때는 입구에서부터 입장을 거부당했지만, TV 스타인 찬비는 그 대접부터 달랐다. 찬비가 등장하자 구내 스피커에서는 상냥한 목소리로 안내 방송이 흘러나왔다.

"지금 저희 매장에는 시각장애인 안내견이 교육 중에 있으니, 많은 협조 부탁드립니다."

덕분에 안심하고 쇼핑을 할 수 있었는데, 정작 문제는 식탐 많은 찬비였다. 고기 한 덩이라도 얻어내고 말겠다는 듯, 찬비는 정육 코너 앞에 멈춰 서서는 좀처럼 움직이지를 않았다. 그날따라 왜 그렇게 시식 코너는 많은지, 가는 곳마다 찬비를 달래느라 쇼핑도 제대로 못 하고 돌아와야 했다. 이런 식탐이 안내견에게 있어서는 치명적인 결함임을 잘 아는지라, 우리 가족은 물론 학교에서도 녀석의 식탐을 바로잡기 위해 많은 공을 들였던 기억이 난다.

그 후에도 몇 차례 방송 촬영을 하고 가족들과 즐거운 시간을 보내다 보니, 어김없이 이별의 시간이 찾아왔다. 이때쯤이면 항상 생각하는 게, 이제 더 이상은 퍼피워킹을 하지 말자는 것이다. 그러나 이미 중독이 되어버린 것을 어쩌랴. 독하게 마음을 먹었건만, 결국에는 또다시 강찬이라는 예쁜 아들을 입양하게 되었다. 이상하게도 우리 집에는 아들 녀석만 입양이 되는 것 같다.

강찬이와도 즐거운 시간을 보내며 지내고 있는데, 안내견학교로부터 반가운 소식이 들려왔다. 둘째 오디가 종견에 발탁되었다는 빅뉴스였다. 우리 가족은 조금의 망설임도 없이 일단 오디를 데려오기로 했다. 그런데 우리 집에는 교육생 강찬이 말고도, 터줏대감인 시추종의 세미가 있었다. 작은 집에 세 마리의 식구를 거느릴 수 있을까? 특히나 서로 싸우지나 않을는지, 걱정이 되지 않을 수 없었다. 하지만 그런 걱정은 기우에 불과했다.

체구는 작지만 세미는 군기 반장 노릇을 톡톡히 했다. 덕분에 서열이 정리되어 집안은 평온할 수 있었다. 다만, 덩치 큰 녀석들이 반갑다고 꼬리를 흔들어대는 통에 꼬리에 맞아 세미의 안구가 함몰되는 사고가 두 번이나 있었다. 세미도 두 번의 수술을 하고 나서는 요령이 생겼는지, 큰 아이들이 흥분해서 꼬리를 흔들어대면 식탁 밑으로 피하곤 했다. 나름 덩치 큰 녀석들 틈바구니에서 살아남는 방법을 터득한 것이다.

강찬이는 오디를 무척이나 잘 따랐다. 오디는 강찬이가 다가와 장난을 치면 잘 받아주다가도 조금 심하다 싶으면 바로 체벌에 들

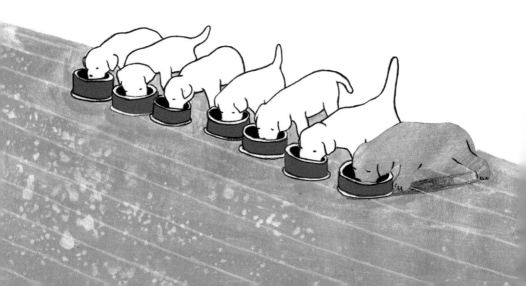

어갔다. 입으로 목덜미를 가볍게 물어 눕히곤 앞발로 꾹 눌러 교육을 시켰다. 강찬이에게는 벽지를 물어뜯는 나쁜 버릇이 있었다. 방마다 돌아다니며 벽지를 찢어놓는 통에 안내견학교에 피해 보상 신청까지 한 적이 있다. 보상금은 아직까지 못 받은 상태고, 이제는 신청을 해도 공소시효가 끝났다고 오리발을 내밀 듯하다.

래브라도 리트리버답지 않게 너무 안 먹어서 걱정을 끼쳤던 다섯째 아톰은 약 6개월간 지낸 후 일본으로 입양을 시켰는데, 다시는 못 볼 거란 생각에 정말 많은 눈물을 흘렸던 기억이 난다. 그리고 여섯째 지성이와 막내인 일곱째 자람이는 오디의 아들이다. 심한 장난꾸러기였던 지성이는 나중에 의젓한 안내견이 되어 우리 가족에게 큰 보람과 기쁨을 주었고, 초롱초롱한 눈망울의 자람이도 우리 가족들의 기억 속에 소중하게 자리 잡고 있다.

수년간 퍼피워킹을 하면서 지난 일들을 돌이켜보니 참으로 많은 것을 배우고 느꼈으며, 삶에 대해서도 많은 생각을 하게 되었다.
때로는 퍼피워킹을 하면서 여러 가지 힘든 일을 겪기도 했다. 아들 남욱이는 생각지도 못하게 알레르기로 고생을 해야 했다. 아들이 이렇게 힘든데도 강아지를 계속 키운다며 의사 선생님으로부

터 혼도 났고, 이웃과의 마찰도 종종 있었다. 그러나 녀석들의 선한 눈동자가 누군가의 눈이 되고 희망이 된다면 퍼피워킹을 하며 겪는 고통은 큰 문제는 아닌 듯했다.

물론 퍼피워킹을 하면서 좋은 일이 더 많았다. 우선 안내견학교를 통해 좋은 분들을 많이 만나게 된 것이다. 우리와 같은 자원 봉사자인 퍼피워커들과 정보도 공유하고 교류하면서 엠티도 함께 가고, 힘든 일이 있을 때는 서로 찾아가 위로도 하며 우정을 쌓았다.

이 세상에 독불장군은 없으며, 서로 나눌 때 세상은 살 만한 세상이 될 거라고 생각한다. 이러한 생각은 아이들에게도 고스란히 전해졌다. 딸아이는 커가면서 수의사나 사회복지사가 되겠다는 꿈을 품게 되었다.

찬비 졸업식 때 감정에 복받쳐서 한 이야기가 생각이 난다.

"안내견이 편안하게 활동할 수 있는 그런 대한민국이 되었으면 좋겠습니다."

훗날, 은퇴하고 한국으로 돌아가게 되면 여건이 허락하는 한 홈보딩이나 퍼피워킹을 다시 해볼 생각이다. 아내도 같은 생각이며, 노후에 봉사할 수 있다는 것 또한 큰 행복이 될 것 같다.

# 안내견학교와 함께한
# 견사 자원봉사 11년을 돌아보며

서울시 신교동 · 최선경

　견사 방문 자원봉사만 11년째 해오고 있다. 그런 나를 보고 사람들은 대단하다며 감탄사를 내뱉곤 한다. 하지만 그럴 때마다 나는 쥐구멍이라도 들어가 숨고 싶을 정도의 창피함을 느낀다. 그도 그럴 것이, 나는 사람들이 생각하는 이유로 자원봉사를 하고 있는 것이 아니기 때문이다.

　사람들이 자원봉사를 하는 데에는 크게 두 가지 이유가 있을 것이다. 첫째로는 진학이나 취업을 위해서이다. 요즘은 학교나 회사에서 자원봉사 경력을 요구하는 경우가 많다. 그래서 자원봉사 경험이 하나의 스펙처럼 자리 잡게 되었다. 덕분에 자원봉사 인력이 늘어나긴 했지만, 이렇게 해서 자원봉사를 시작한 봉사자들은 자신의 목적이 달성되면 떠나기 마련이다. 자원봉사를 하는 또 다른 이유는 진정으로 마음에서 우러나와서이다. 이렇게 어렵고 열악한 상황에서 더 어려운 사람들을 위해 자신을 희생하는 것이야말로 진정한 의미의 자원봉사라 할 수 있다.

그러나 내가 자원봉사를 시작한 것은 딱히 어떤 목적이 있어서가 아니었다. 스펙을 쌓기 위해서도 아니었고, 나 자신을 희생하고자 하는 마음이 가슴속 깊이 우러나와서도 아니었다. 난 그저 많은 것을 배울 수 있어서 좋았을 뿐이다. 그러다 보니 오랫동안 자원봉사를 할 수 있었을지는 모르겠지만, 그런 나를 대단하게 생각하는 사람들 앞에서는 부끄러울 수밖에 없었다.


2002년 8월, 삼성화재안내견학교를 처음 방문하게 된 것은 평소 사진으로만 보던 래브라도 리트리버를 직접 보고 싶다는 깜찍한 소망 때문이었다. 한 마리도 아닌 수십 마리의 리트리버를 가까이에서 볼 수 있을 뿐만 아니라 직접 만지고 함께 산책하고 목욕도 시킬 수 있다는 사실은 나를 완전히 흥분의 도가니로 몰아넣었다. 하지만 멋진 리트리버와 푸른 잔디밭을 우아하게 거니는 것은 극히 일부에 불과했으며, 미처 생각지도 못했던 난관들이

검사 방문 자원봉사만 11년째 해오고 있다.
난 그저 많은 것을 배울 수 있어서 좋았을 뿐이다.
그동안 보고 배운 것들을 평생 베풀며 살고 싶다.

날 기다리고 있었다.

약 40~50마리 강아지들의 쉬와 응가의 양은 생각보다 많았다. 그런 녀석들의 방을 내 방보다 더 깨끗하게 청소해주어야 했고, 소독도 해주어야 했다. 하루 두 끼의 끼니도 신경을 써야 했는데, 개들의 건강 상태에 맞춰 사료의 종류를 정하고 그 양도 1그램 단위까지 정확하게 맞춰야 했다. 목욕이라도 시키면 내 머리와 얼굴은 개털과 땀으로 엉망진창이 되었다. 체력적으로도 많이 지치고 힘들었다. 그런 가운데에서도 15킬로그램 사료 포대쯤은 가뿐히 들어줘야 했다. 그러나 그런 것들은 시간이 지나 적응이 되면 어느 정도 해결될 일이었다. 진짜 난관은 개들과의 커뮤니케이션에 있었다. 천방지축 퍼피는 물론, 순하고 착하기만 한 아이들도 사람 볼 줄을 알아서, 어설픈 초보 자원봉사자의 말은 순순히 따르지 않는다. 첫 산책에서 자기 맘대로 당기고 냄새 맡고 하고 싶은 것 다하던 아이가 견사 직원분과는 의젓한 현역 안내견처럼 보행하는 모습을 보고 배신감을 느꼈던 기억이 생생하다.

안내견학교 봉사를 시작하기 전에도 개를 좋아했지만, 개는 그저 집 마당에 개집 하나 지어주고 밥만 챙겨주면 된다고 생각했었다. 그런데 봉사를 통해 많은 것을 보고 배우면서 그동안 우리 집 견공들이 미개인과 같은 생활을 했구나 하는 생각에 미안하고 창피한 마음마저 들었다.

　개는 가족과 같이 대해줘야 하며 챙겨줘야 할 것도 많다. 그런데 개들이 감정을 표현하고 인간과 교감을 나누는 능력은 실로 대단하다.

　실례로, 놀이 시간에 여러 마리가 섞여 신 나게 놀고 있는 가운데 이름을 부르면 귀신같이 알아듣고 고 녀석이 딱 나온다. 물론, 반신반의하는 사람들도 있을 것이다. 나 역시도 개들이 자기 이름을 기가 막히게 알아듣는 것을 보고 정말 신기했다. 또한, 개들은 잘한다 칭찬해주면 더 잘하려 하고, 안 된다고 가르치면 하면 안 된다는 것을 아는, 사람과 함께 있는 것을 무척이나 좋아하는 아이들이다. 그렇기에 아이들이 무엇을 이야기하고 있는지, 평소와는 다른 뭔가가 있는지, 어디가 아프지는 않은지 늘 관심을 가져야 한다.

　개들과 함께 생활하며 새삼 안타깝게 느낀 것은 사람보다 수명이 너무 짧기에 먼저 떠나보내야 하는 경우가 많다는 것이다. 그래서 편안히 갈 수 있도록 마지막까지 보살피고 지켜주어야 한다. 그것이 사람의 도리이자 의무인 것 같다. 안내견의 일반적인 수명은 약 13~15세 정도다. 반드시 안내견이라서 그런 것이 아니라, 대형견의 평균수명이 그렇다. 그런데 아직도 안내견이 평생 고생을 하기에 스트레스도 많이 받을 것이며, 때문에 오래 살지 못할 거라 오해하는 사람들이 은근히 많다.

노령의 은퇴견이 가정에서 케어가 힘들 정도로 위중한 상태가 되면 학교로 옮겨와 보살핌을 받는다. 그때 학교 직원분들이 밤낮으로 보살피며, 마치 촛불이 다 타고 불꽃이 서서히 잦아들어 마지막에 꺼지듯, 편안히 생을 마감할 수 있도록 돕는다. 그런 모습을 보며 동물 식구를 떠나보낼 때 어떻게 해야 하는지 알게 되었고, 그것은 나에게 큰 가르침이 되었다.

사실 안내견학교 자원봉사를 시작하면서 나는 안내견을 보게 될 것만 생각했지, 왜 안내견이 필요한지, 또한 그것이 누구를 위한 일인지는 미처 생각하지 못했다. 안내견학교에서 자원봉사를

하기 전까지는 길에서 시각장애인과 마주친 일도 별로 없었던 것 같다. 아니 만났더라도 관심이 없어 그냥 지나쳤는지도 모르겠다. 왜 우리는 길에서 그들을 만났을 때 낯설어하거나 안타깝게 여길 뿐, 평범하고 의연하게 대하지 못했던 것일까?

안내견학교에서 안내견과 함께 온 파트너를 처음 만나 식사를 함께했을 때도 내내 어색해하며 어쩔 줄 몰랐다. 하지만 만남이 잦아지고 그들이 어떤 생활을 하는지 알게 되면서, 어색함은 금방 사라졌다. 우리는 그 친구들을 만날 기회가 없고 볼 수 있는 기회가 적었기 때문에 마주치게 되면 어색하고 낯설었던 것뿐이었다. 대학생이 되어 안내견과 생활하는 파트너 중엔 혼자 독립해 생활하며 학업도 살림도 훌륭히 해내는 친구들이 많다. 또한 전공 분야 이외에 다른 분야에도 관심을 가지고 열정적으로 배우고자 한다. 오히려 그들의 씩씩하고 의욕적인 모습을 보면서 새삼 그렇지 못한 내 자신이 부끄러워진 적도 있었다.

우연인지 필연인지, 우리 집이 시각장애인학교 근처로 이사하면서 어린아이부터 어른들까지 많은 시각장애인 학생들과 그들의 부모님들을 접할 수 있게 되었다. 덕분에 시각장애인을 만나더라도 인사하는 법, 함께 길을 걷는 법, 함께 식사하는 법, 길 안내를 하는 법 등 안내견학교에서 배운 대로 침착하게 대할 수 있다는 자신감이 생겼다. 처음엔 앞을 보지 못하는 아이들을 마냥 안타깝게 바라보시던 부모님도 이제는 모이면 장난도 치고 깔깔거리는 여느 일반 초중고생들과 별반 다르지 않게 보신다.

처음 견사 방문 자원봉사를 시작하며 만났던 은퇴견은 이미 세상을 떠난 지 오래고, 처음 만져본 아기 강아지는 안내견으로 활동하다가 이제는 은퇴견이 되었다. 또한 처음 만났을 때 풋풋했던 대학 1학년 새내기 파트너도 이제 제법 아저씨티가 물씬 나는 회사원이 되었다.

시간이 참 빠르다.

사람의 일이라는 것이 한 치 앞을 내다볼 수 없으니 '나는 견사 방문 자원봉사를 평생 할 것이오'라고 감히 장담은 못 하겠지만, 그동안 보고 배운 것들을 평생 베풀며 살고 싶다.

# 별이야, 별이야, 보고 싶다……

서울대 안과 교수 · 권지원

여름이 끝을 알리려는 듯 부쩍 서늘해진 어느 일요일. 가족, 친구들과 캐리비안베이에 가게 되었다. 마성 톨게이트를 지나 에버랜드의 정문에 거의 다다랐을 때, 좌측에 삼성화재안내견학교가 보였다.

'그래, 몇 년 전까지만 해도 저곳에 정말 자주 갔었지.'

몇 년 전의 기억이 물밀 듯이 밀려오며 눈시울이 젖기 시작했다. 내가 처음 삼성화재안내견학교와 인연을 맺게 된 것은 2004년 삼성화재안내견학교에서 열린 보행교사 세미나에 연사로 초청받으면서부터이다. 당시 나는 2003년도에 새롭게 개설된, 서울대학교

병원 안과의 '저시력 클리닉'을 담당하고 있었는데, 안내견학교 직원분이 연사로 초청할 저시력 전문가를 찾기 위해 인터넷을 검색하다가 서울대학교병원으로 연락을 해온 것이 인연의 시작이었다.

이렇게 서로 전혀 알지도 못하던 상황에서 연락이 닿게 되었고, 안내견학교에 방문하게 되었고, 직원분들과도 친해지게 되었고, 결국엔 은퇴 안내견 자원봉사까지 하게 되었으니, 그날의 전화는 정말 나에게 많은 것을 가져다 준, 고마운 전화였던 셈이다.

어려서부터 강아지를 많이 길러봤고 워낙 동물을 좋아하였기에, 안내견학교 방문은 그 자체로도 매우 흥분되는 일이었다. 서울 근교라고는 믿기 어려울 정도로 맑은 공기와 시골 같은 아늑함, 게다가 최신 시설에 친절한 직원분들까지, 안내견들이 언제든 진료를 받을 수 있는 최신 치료 시설과 재활 시설까지 갖춘 모습은 매우 인상적이었다. 깔끔하게 정리된 견사에서는 난생처음 보는 수십 마리의 래브라도 리트리버들이 나를 반겼다.

그날 이후로 에버랜드에 놀러가게 되면 삼성화재안내견학교에 들러 견사도 견학하고 동물병원도 둘러보곤 했다. 또한 시각장애와 떼려야 뗄 수 없는 관계인 우리 안과 의사들에게 안내견에 대해 소개하고자, 삼성화재안내견학교와 대한안과학회와의 교류를 주선했다. 킨텍스에서 열린 추계 안과학회에 안내견 홍보 부스를 설치하기도 했고, 안내견 파트너이며 삼성화재안내견학교 직원이신 유석종 님께서는 추계 안과학회에서 강의를 한 적도 있다. 이렇게 직접 나서진 않아도 안내견을 알리기 위해 알음알음 노력을 해왔는데, 별이라는 은퇴 안내견의 위탁 사육을 맡게 되면서 나는 본격적으로 안내견학교의 식구가 되었다.

세상 모든 일엔 우연이 없다고 생각한다. 오죽하면 '옷깃만 스쳐도 인연'이라는 말이 있겠는가. 우리는 살면서 정말 많은 사람들 혹은 동물들과 만나고, 또 헤어진다. 정말 헤어지지 않을 것 같았는데 헤어지기도 하고, 다시 만나지 못할 줄 알았는데 다시 만나기도 한다. 별이가 우리 가족이 된 것도 일종의 운명이었다. 원래 우리 가족은 집 안에서 키울 수 있는 작은 반려견을 원했다. 이곳저곳을 통해 알아보다가 이왕이면 품종이 확실한 반려견을 구하기로 하고, 자문을 구하고자 안내견학교 직원분께 문의를 드렸더니, 은퇴 안내견을 위탁 사육해보면 어떻겠냐는 제안을 해왔다. 우리 가족은 '일단 경험이라도 해보자' 하는 생각에 그 제안을 받아들이기로 했다. 그렇게 해서 만난 녀석이 바로 별이다.

1996년 5월 12일생 암컷인 별이가 우리 집에 온 것은 2008년

우리 가족은 별이의 피할 수 없는 매력에 금세 푹 빠져버렸고,
헤어진다는 것은 상상조차 할 수 없는 일이 되었다.
결국 별이는 우리 가족의 품에서 여생을 보내게 되었다.

10월 29일의 일이었다. 그러니까 처음 보았을 때 별이는 만 12살이 넘은 고령의 할머니였던 것이다. 사실 젊은 개와 늙은 개를 구별하기란 쉽지 않다. 사람처럼 주름이 지고 검버섯이 드러나는 것도 아니니 말이다. 우리 눈엔 별이가 그저 착한 눈망울에 정이 많고 사람을 좋아하며, 먹을 것이라면 사족을 못 쓰는 철부지 강아지로 보였다. 우리 가족은 별이의 피할 수 없는 매력에 금세 푹 빠져버렸고, 헤어진다는 것은 상상조차 할 수 없는 일이 되었다. 결국 별이는 우리 가족의 품에서 여생을 보내게 되었다.

 은퇴 안내견의 홈케어가 퍼피워킹만큼 힘들지는 않았지만, 안내견의 품위를 유지시켜 주기 위해 해야 할 일들이 제법 있었다. 어리광을 받아주면 안 되었고, 식사나 배변도 정해진 시간에 해야 하는 나름 신경을 써야 하는 케어였다. 배변은 하루 4회 실외에서 시켰는데, 워낙 훈련이 잘되어 있는 안내견 출신인지라 아무리 대소변이 마려워도 티도 안 내고 잘 참아주었다. 그러나 비가 오나 눈이 오나, 추우나 더우나 하루 4회 이상 한 번에 30분 정도 소요되는 산책을 시키는 것은 생각만큼 쉬운 일이 아니었다. 처음에는 나도 별이를 데리고 외출도 하고 산책도 자주 시켰다. 하지만 시간이 지나면서 직장생활을 핑계로 집 안에서만 별이를 귀여워하는 사람으로 변해갔다.

그렇게 해서 별이를 산책시키는 일은 마음이 여리고 개를 좋아하시는 어머니의 몫이 되었다. 덕분에 동네에서 별이와 어머니는 명물이 되었다. 사실 어디에나 개에게 호의적인 사람도 있지만 호의적이지 않은 사람도 있기 마련이다. 그러나 별이는 그 누구에게든 친근하게 다가갔다. 상대가 자기에게 호의적이지 못하더라도 반갑다고 꼬리 치며 다가가곤 했다. 어머니는 한술 더 떠서, 안내견 홍보대사를 자처하고 나섰다. 심지어는 은퇴 안내견의 출입이 어려운 곳에 안내견이라고 우겨서 입장하는 대범함을 보여주기도 했다. 덕분에 어머니는 많은 애완견 주인들과도 친구가 되었다.

별이의 건강 관리를 위해 신경 써야 할 것은 산책 말고도 많이 있었다. 예쁜 몸매가 돋보이도록 빗질도 자주 해줘야 했고, 한 달에 한 번은 목욕도 시켜야 했다. 이틀에 한 번꼴로는 칫솔질도 시켜줘야 했는데, 이 모든 것을 가족들이 분담하여 맡았다. 몸무게가 27킬로그램에 육박하는 별이의 목욕은 다른 식구가 맡았고, 보기와는 달리 거친(?) 일을 잘하는 난 별이의 칫솔질을 맡았다. 윗니, 아랫니 치카치카~. 개 전용 치약에서 고기 냄새가 나서인지, 별이는 입을 벌리고 칫솔질하는 것을 즐겨했다. 그런데 별이가 우리 집에 온 지 두 달째가 될 즈음, 칫솔질을 시키는데 별이의 아래턱

앞니 뒤쪽으로 뭔가 이상한 게 보였다. 안과 의사이긴 했지만, 그래도 의사인 내가 보기에 구강 내 종양으로 의심되었다. 다음 날, 안내견학교에 전화하여 상황을 설명했고, 별이는 조직검사를 위해 안내견학교에 잠시 맡겨졌다.

조직검사 결과 별이의 병명은 구강암이었다. 당장 수술을 해야 했지만, 고령이었기에 수술을 결정하는 것은 쉬운 일이 아니었다. 게다가 의사 선생님도 지금은 떼어내는 것이 무의미하니 더 악화되지 않는 한 그냥 두는 것이 좋겠다는 소견을 냈다. 그러나 착한 별이의 입 안에 생긴 나쁜 암덩어리는 계속해서 커져 갔다. 급기야 앞니 사이로 불거져 나오면서 별이가 식사를 할 수 없을 정도로 커졌다. 더 이상 수술을 미뤘다가는 별이의 생명마저 위협받을 지경이 되었다.

안내견학교 병원에서는 별이의 아래턱 일부와 암덩어리를 제거하는 수술을 하기로 결정하였다. 알고 보니 별이는 우리 집에 오기 전에도 구강 내 종양을 제거한 적이 있었다고 했다. 그러나 이렇게 큰 수술은 처음이었다. 사람에게도 쉽지 않은 수술인데, 고령의 별이가 이 큰 수술을 이겨낼 수 있을지 걱정이 많이 되었다. 온 식구들이 걱정하는 가운데, 별이는 수술대에 올랐다. 다행히 수술은 무사히 끝났고, 얼마간의 회복 기간을 거친 뒤, 별이는 건강한 모습으로 우리의 품에 돌아왔다. 별이의 아래턱은 전보다 약간 짧아지긴 했지만, 자세히 보지 않으면 모를 정도였다. 별이는 여전히 예뻤고 여전히 사랑스러웠다.

힘들고 큰 수술을 이겨낸 별이가 마냥 대견스러웠다. 그리고 별이가 건강한 모습으로 오랫동안 우리 곁에서 행복하게 살아주기만을 바랐다. 그러나 암은 완전히 제거하는 것이 불가능할 때도 있다. 수술로 암덩어리를 제거해도 완전히 제거하지 못하면 도리어 수술 전보다 훨씬 더 빨리 암덩어리가 자라나기도 한다. 수술 전에 완전 제거가 어려울 수 있다는 이야기를 듣기는 했지만, 별이의 입 안에서는 다시 종양이 자라기 시작했다. 안내견학교 측에서도 이제 더 이상의 수술은 어렵다고 했다. 이제는 지켜볼 수밖에 없는 상황이 되었다.

가족들의 간절한 바람에도, 별이의 상태는 좀처럼 호전되지 않았다. 어느 날에는 별이가 유난히 기운이 없어 보여 다가가 보니, 종기에서 나는 피를 핥아 먹고 있었다. 결국에 피를 너무 많이 흘린 별이는 안내견 병원에 실려 갔다. 그렇게 안내견학교 병원과 집을 오가는 별이의 투병 생활은 계속되었다. 그래도 행여나 우리가 걱정을 할까 봐 그랬는지, 별이는 좀처럼 아픈 내색을 하지 않았다. 병석에 누워서도 한없이 편한 표정을 지어주던 별이, 몸이 예전 같지 않아도 집에 오면 너무나 좋아하던 별이였다. 그러나 별이는 날이 갈수록 쇠약해져 갔고, 집에 있는 날보다 안내견학교 병원에 입원해 있는 날이 더 많아졌다. 그리고 안내견학교에서 입원 치료 중이던 2010년 7월 24일, 별이는 끝내 병마를 이겨내지 못하고 조용히 눈을 감았다.

우리 가족은 별이의 마지막을 함께하지 못했다. 비보를 전해 듣고 달려간 우리는 별이의 주검 앞에서 한없이 울었다. 특히나 별이와 가장 많은 시간을 보내셨던 어머니가 가장 서글프게 눈물을 흘리셨다.

"별이야, 별이야, 이렇게 가서 어떡하니. 얼마나 아팠니? 미안해…… 미안해……."

生 1996. 5. 12
卒 2010. 7. 24

우리 가족이 지켜보는 가운데, 별이는 '아롱이의 천국'이라는 개 화장터에서 한 줌의 재가 되었다. 그리고 재는 별이가 어릴 때 뛰어놀던 안내견학교 운동장에 뿌려졌다. 화장터 화로 안으로 들어가기 전 보았던 별이의 마지막 모습이 아직도 눈에 선하다. 그리고 별이의 마지막 순간을 함께하지 못한 것이 지금까지도 너무 미안하다.

별이야! 너에게 좀 더 잘해주지 못해서, 네가 아파할 때 밤새 돌보아주지 못해서, 너의 마지막에 함께 해주지 못해서, 지금도 너무너무 미안해. 비록 2년이 채 못 되는 시간이었지만, 네가 우리에게 주었던 밝은 미소와 충성심, 그리고 애교와 사랑은 영원히 잊지 못할 거야~. 다음 생에 우리 꼭 다시 만나자. 사랑해, 언제까지나…….


별이를 떠나보내고 우리 가족은 더 이상 애완동물을 기르지 않기로 했다. 별이와의 추억도 추억이지만, 또다시 영원한 이별을 맞이할 자신이 없었다.

별이가 하늘나라로 떠난 지도 3년이라는 세월이 흘렀다. 아직도 2010년 홈커밍데이 때 별이와 함께 찍은 폴라로이드 사진이 거실의 피아노 위에 놓여 있다. 이제 별이는 없지만, 별이의 영혼은 여전히 우리의 곁에 머물러 있으리라 믿는다.

　이 글을 쓰면서 별이와의 추억을 회상하니, 그리운 마음에 눈물이 하염없이 흐른다. 중요한 회의 때문에 신경 써서 했던 화장이 그만 엉망이 되었지만, 그래도 별이를 다시 떠올릴 수 있어 감사하다.

제2장
- - - - - - - -

당신을
응원합니다

## 안내견학교의 직원

삼성화재안내견학교의 직원들은 퍼피워킹 및 자원봉사자 담당, 안내견 훈련,
시각장애인 파트너 교육, 지원 업무 등 다양한 분야에서 서로 협조하며 일하
고 있다. 안내견학교의 우수한 시설 및 설비를 바탕으로, 각 담당자들은 해당
분야에 전문 지식을 갖추고 우수 안내견 양성을 위해 노력하고 있다.

# 천직

퍼피워킹 담당자 · 목나영

1996년 여름, 대학생이었던 나는 동물을 좋아하는 것 이외에는 별다른 특징도 없는 참 심심한 사람이었다. 친구들은 방학이라고 카페나 패스트푸드점에서 아르바이트를 했지만, 나는 기왕이면 동물들과 함께할 수 있는 일을 하고 싶었다. 당시는 안내견이 뭔지조차 몰랐던 때라, 일단 '동물' 하면 떠오르는 그곳, 에버랜드로 무작정 향했다.

그러나 면접을 볼 때까지만 해도 동물원에선 단기 아르바이트가 불가능하다는 사실을 미처 알지 못했다. 동물원에서 여름방학을 보낼 생각에 한껏 마음이 부풀어 있던 나는 크게 실망하지 않을 수 없었다. 그리고 한편으로는 화가 나기도 했다. '나중에 졸업을 하면 에버랜드 다음으로 유명한 동물원에 취직해서 여기보다 훨씬 더 좋은 곳으로 만들어버리겠어!'라는 깜찍한 복수극을 꿈꾸기도 했다. 그런데 신은 나를 위해 다른 길을 만들어놓고 계셨다.

며칠 후 면접관에게서 따로 전화가 왔다. 에버랜드 동물원은 아니지만 개들과 함께 일할 수 있는 곳이 있는데, 한번 해보겠냐는 것이었다. 당연히 거절할 이유가 없었다. 대체 무엇을 하는 곳인지조차 묻지 않고 무작정 그곳으로 달려갔다. 산속에 자리 잡은 마치 요새처럼 생긴 그곳에는 시골에서 흔히 볼 수 있는 외모의 개들이 삼삼오오 짝지어 놀고 있었다. 그리고 당시 안내견학교 팀장님을 만나고 나서야 안내견이 무언인지, 이 시골스러운 외모의 아이들이 '래브라도 리트리버'라는 외우기 힘든 이름을 가진 캐나다산 품종의 개라는 사실도 알게 되었다.

당시는 에버랜드까지 가는 직행버스가 많지 않아서 그리 멀지 않은 분당에 살고 있음에도 여덟 시까지 도착하려면 최소한 네 시 반엔 일어나 첫 버스를 타야 했다. 그럼에도 하나도 힘들지 않았다. 안내견학교에 도착해 개들의 사랑스러운 얼굴을 들여다보면 휴대전화에 충전 잭을 연결한 듯 재충전이 되는 기분이었다.

내가 아르바이트를 시작했을 당시 안내견학교에는 열 마리의 강아지들이 있었다. '미스티'라는 이름의 골든 리트리버와 '장군'이라는 이름의 래브라도 리트리버 사이에서 태어난 크로스 리트리버들이었다. 모두 다 사랑스러웠지만 그중에서도 유난히 눈에 띄던 녀석이 있었다. 열 마리 중 유일한 수컷 강아지 '바위'였는데, 다른 암컷 강아지들이 엄마 찌찌인 줄 알고 녀석의 소중한 그곳(?)을 빨아대는 바람에 잔뜩 억울한 표정이 되어 구석에 짜부라져 있곤 했다.

우습기도 하고 안쓰럽기도 했던 녀석, 7주가 되어 퍼피워킹을 나갔건만 잘 적응하지 못하고 사흘 만에 돌아오고 말았다. 난 기다렸다는 듯, 바위의 두 번째 퍼피워커가 되겠노라 손을 번쩍 들었다. 아마 바위가 아니었다면 방학 아르바이트가 끝나면서 안내견학교와의 인연도 끝났을지 모른다. 그러나 바위가 튼튼한 연결 고리가 되어 개강을 하고도 나는 주말에 안내견학교에 나와 일을 하게 되었다. 강의가 없는 날에는 거의 대부분의 시간을 안내견학교에서 보냈다. 그런 모습이 기특해 보였는지 졸업을 하고 얼마 되지 않아 나는 안내견학교의 정식 직원으로 일을 할 수 있게 되었다. 새로운 밀레니엄 시대를 안내견학교의 직원으로 시작하게 된 나는 그동안의 경험을 살려 퍼피워킹을 담당하게 되었다. 선임직원의 지도로 배워가며 일을 했지만 그 당시만 해도 우리 안내견학교의 퍼피워킹 역사는 그다지 길지 않아 거의 맨땅에 헤딩을 하는 수준이었다. 지금 생각해보면, 당시 나의 코디를 받으며 퍼피워킹을 하셨던 분들께 죄송한 마음마저 든다. 나 역시도 아는 것이 많이 없던 때라 때로는 현실적으로 너무 어려운 방법을 요구했던 적도 많았던 것 같다.

내게 마치 운명처럼 다가온 퍼피워킹 담당자라는 직업은 생각할수록 매력적인 부분이 있다. 보통 안내견에 관심을 두는 사람들은, 나처럼 개를 정말 좋아해 개와 함께 일하고 싶은 사람이거나 장애인 복지에 관심이 있는 사람이다. 물론 두 가지 동기가 적당히 조화를 이루어야 안내견을 훈련하고, 시각장애인에게 보내는 일을 잘할 수가 있을 것이다. 그러나 당시까지만 해도, 나의 관심은 오직 개에게만 치우쳐 있었다. 그래서 시각장애인을 위해 희생하는 안내견들을 보고 안쓰럽다 못해 불쌍하다는 생각을 하기도 했었다. 아이러니하게도 지금은 내가 제일 싫어하는 말이 바로 그런 말이다. 시간이 지나면서 안내견이 시각장애인에게 어떤 의미인지, 그들이 안내견이란 존재를 어떻게 느끼고 대하는지, 안내견 덕분에 시각장애인의 삶이 어떻게 변해가는지를 깨닫게 되었다. 그러면서 그저 '개'를 좋아했던 단순한 나에서 시각장

애인이 보다 밝은 삶을 찾길 바라는 나로 변하기 시작했다. 이렇게 협소한 생각이 깨어지고, 좀 더 긍정적으로 깊어지고 따뜻해지는 생각의 변화 자체만으로도 나는 이 직업이 상당히 매력적이라 생각한다.

사실 난 주로 자원봉사자들을 상대하기 때문에 안내견 기증식 때가 아니면 시각장애인과 만날 기회가 그리 많지는 않다. 그래도 이따금 시각장애인들의 사연을 보고 들으며 너무나도 가슴 벅차오르는 감동을 느끼곤 한다. 혼자서 패스트푸드점에 가서 햄버거를 사 먹는 게 소원이라던 어느 남학생은 교육 기간에 안내견과 몰래 나와 햄버거를 주문하고 그야말로 눈물 젖은 빵을 먹었다고 한다. 어떤 시각장애인은 늦은 밤에 밖에 나갈 일이 있어 안내를 부탁하면 마누라는 귀찮다고 투덜대지만, 안내견은 자고 있다가도 벌떡 일어나 꼬리를 흔들어댄다며 시쳇말로 "안내견이 아내보다 낫다"고 말한다. 또 어떤 시각장애인은 흰 지팡이를 들고 혼자 외출하면 다들 자기를 피하기가 바쁜데 안내견과 함께 외출하면 인기 폭발이라며 좋아한다. 그 밖에도 엄마의 도움 없이 처음 안내견과 함께 학교 길을 나서는 시각장애인 딸의 뒷모습을 보고 눈시울을 적셨다는 어머니의 이야기, 아내는 이제 옆에서 자려고도 안 하는데 안내견은 자리에만 누우면 얼른 다가와 팔베개를 해달라고 한다며 껄껄거리던 사연, 안내견과 함께한 뒤 사람들의 관심을 의식하여 외모에 신경 쓰다 보니 어느새 너무나도 예뻐진 어느 시각장애인 여대생의 사연 등 많은 이야기들이 넘쳐난다. 평생 한 번 느낄까 말까 한 감동적인 이야기가 넘쳐나는 이곳에서의 일을 내가 어찌 사랑하지 않을 수 있으랴.

감동은 안내견과 시각장애인 사이에서 뿐만 아니라 자원봉사자들의 삶 속에도 가득하다.

퍼피워킹을 신청할 당시만 해도 개가 너무 무서워서 가까이 다가오지도 못하던 어느 자원봉사자가 있었는데, 하필이면 유난히 덩치가 큰 녀석이 위탁되었다. 아마도 안내견학교 역사상 다섯 손가락 안에 들 정도로 덩치가 컸을 것이다.

그런데 어느 날, 그 퍼피워커가 개를 데리고 다니다 보면 사람들이 개의 덩치 때문에 놀라거나 때론 한마디씩 한다며 진지한 표정으로 말하는 것이었다.

"도대체 우리 개가 뭐가 그리 크다고 그러는 거야. 내 눈에는 아직 더 커야 할 것 같은데 말이야."

도무지 이해가 안 된다는 반응을 보였는데, 그새 진심으로 개를 사랑하는 사람이 되었구나 생각하게 되었다.

또 어떤 집은 가족 모두가 개를 좋아했지만, 아버지만은 개를 좋아하지 않아 끝까지 강아지에게 따뜻한 손길 한 번 주지 않고 다른 식구 대하듯 하셨다고 한다. 그런데 퍼피워킹 종료를 며칠 앞둔 어느 날 저녁, 잔뜩 술에 취해 귀가한 아버지는 자고 있던 강아지를 집에서 끌어내 꼭 끌어안고는 "이 녀석, 학교 가서 건강하게 훈련 잘 받아야 한다" 하며 한참 동안 보듬어주시더란다. 물론 다음 날 기억이 안 난다고 딱 잡아떼셨다는데, 아마도 다른 가족들에게 속마음을 들킨 게 부끄러웠던 모양이다. 신기하게도 우리 개들에게는 이런 능력이 있다. 평생 개와는 남처럼 지낸 사람이라도 선량한 눈빛과 해맑은 얼굴로 홀려버리는, 한마디로 '능력자'들인 셈이다.

퍼피워킹 담당자라는 직업의 또 다른 매력은 참으로 다양한 사람들을 만날 수 있다는 것이다. 그것도 개를 사랑하고 봉사 정신이 깊은 사람들만 골라서 만날 수 있으니 세상에 이보다 더 좋은 직업이 과연 있을까? 하나하나가 정말 소중한 인연이다. 특히나 오랫동안 퍼피워킹을 해오신 분들 중에는 내가 삶의 멘토로 삼고 지내는 분들도 있다. 또 어떤 분들은 퍼피워킹을 하면서 전문가보다 해박한 지식을 쌓아 나를 부끄럽게 만든 경우도 있었다.

그런데, 퍼피워킹에 대해 잘 모르는 사람들은 집에서 개 한 마

개를 사랑하고 봉사 정신이 깊은 사람들만 골라서 만날 수 있으니
세상에 이보다 더 좋은 직업이 과연 있을까?
하나하나가 정말 소중한 인연이다.

리 키우는 것이 무슨 자원봉사냐 하고 반문하기도 한다. 그러나 퍼피워킹을 하다 보면 여러 가지로 포기해야 하는 것들이 많다. 먼저, 리트리버는 천 가지 장점을 가진 견종이지만 털이 신기할 정도로 많이 빠진다는 치명적인 단점을 지니고 있다. 거의 매일 소형견 한 마리 분량의 털이 빠지는데, 도대체 우리 개는 왜 벌거숭이가 되지 않을까 하는 의아심마저 품게 만든다. 이렇게 상상 이상의 탈모가 일어나다 보니 집 안 구석구석엔 언제나 털 뭉치가 굴러다니게 마련이다. 깔끔한 주거 환경은 포기하는 게 차라리 속편할 정도다.

퍼피워킹을 하려면 깔끔한 옷차림도 포기해야만 할 것이다. 특히나 잘빠진 검은색 정장은 금물이다. 역시나 털에 관련된 이야기인데, 잘 차려입어 봤자 우리 개들이 애정표현 한 번만 하면 개털과 개 침으로 옷이 엉망이 되곤 한다. 매일 정장을 입고 출근해야 하는 어떤 퍼피워커는 아침이면 양말을 들고 도망치듯 집을 빠져나와 복도에서 양말을 신고 출근한다며 불만을 호소한 적이 있다.

그리고 퍼피워킹을 하려면 주말 아침의 단잠도 반납해야만 한다. 개를 키워본 분들은 공감하겠지만, 개들의 털 사이를 샅샅이 살피다 보면 어느 한구석에 꼭 알람시계가 숨겨져 있을 것만 같다. 어찌나 식사 시간을 정확하게 아는지 주말이라고 조금 게으름을 피우려 하면 여지없이 문틈으로 한숨 소리가 들려온다. 그래도 워낙 본성이 착해서 낑낑거리기만 하지 시끄럽게 짖는 아이들은 거의 없다. 간혹 센스 있는 아이들은 주말에 삼십 분 정도는 늦장을 부릴 여유를 주기도 한다.

또한 퍼피워킹을 한다면 여유로운 외출은 꿈도 못 꿀지 모른다. 어느 정도 개가 자라면 서너 시간 정도는 혼자 둬도 되건만, 애잔한 녀석들의 눈망울이 눈앞에 아른거려 외출을 했다가도 뭐 마려운 사람처럼 후다닥 돌아오게 되는 경우가 다반사이기 때문이다.

이뿐이 아니다. 처음 퍼피워킹을 시작하고 몇 주간은 강아지들을 갓난아이 돌보듯 해야 한다. 잠시라도 한눈을 팔면 어김없이 사고를 쳐놓으니, 한 번쯤은 내가 왜 이 일을 한다고 했을까 후회하곤 한다. 게다가 어릴 때도 문제지만 조금 크면 더 문제이다. 강아지가 어느 정도 자라면 밖으로 데리고 나가 사회화 훈련을 시켜야 하는데, 사람들의 눈총을 이겨내려면 낯이 두꺼워져야 하는 것은 물론 에너지가 넘치는 녀석들을 컨트롤하기 위해서는 힘도 키워야 한다. 그런데 지금까지 열거한 것들보다 더 힘든 것은 1년 후면 어김없이 맞이해야만 하는 이별의 시간. 강아지들과 힘겨운 시간을 보내며 미운 정, 고운 정 다 들은지라, 퍼피워킹 후의 이별은 유난히 더 힘들다. 그리고 이별의 고통이 큰 만큼 새로운 퍼피워킹을 시작하는 경우도 많다. 이별의 아픔을 이겨내는 최고의 명약이 또 다른 사랑을 맞이하는 것이 듯, 퍼피워킹도 마찬가지인 것이다. 그만큼 퍼피워킹은 중독성이 매우 강하다. 정말이지, 몸도 마음도 힘든 퍼피워킹을 묵묵히 해내고 계신 퍼피워커들이 존경스럽고 또 존경스러울 따름이다.

안내견 이야기를 하면서 빼먹을 수 없는 것이 은퇴견 이야기다. 이름만으로도 가슴을 먹먹하게 만드는 은퇴견들. 안내견으로 나갔다가 은퇴하기까지 한두 번씩은 얼굴 볼 일이 있는데, 힘이 펄펄 넘치던 녀석들이 얼굴 털이 하얗게 센 중년의 모습이 되어 돌아오는 것을 보면 차마 말로 표현하기 힘든 감정이 일곤 한다. 그래도 개들에게 한 가지 부러운 것이 있다면 개들은 사람과 달리 나이가 들어도 여전히 예쁘고 사랑스럽다는 것이다. 내 생각엔 개들의 훌륭한 품성 때문에 그런 게 아닌가 싶다. 가끔 못난 사람들을 일컬어 '개만도 못하다'고 표현을 하는데 이 말은 분명 바뀌어야 한다. '개만큼 훌륭하다' 정도로 쓰이는 게 옳을 듯싶다.

은퇴견 하면 가장 먼저 떠오르는 '송이'라는 녀석이 있다. 송이는 뉴질랜드에서 자라고 훈련을 받아 우리 안내견학교로 온 금발 머리 아가씨로, 안내견으로 분양되기 전 두 달 정도를 우리 집에서 보냈다. 그리고 그 짧은 시간 동안 나는 송이의 매력에 푹 빠져버렸다. 내가 누워 있으면 항상 내 얼굴 위에서 나를 내려다보곤 했는데, 쭈글쭈글 주름진 채로 웃고 있던 송이의 얼굴이 아직도 내 기억 속에 선명하다. 안내견으로 분양된 후에도, 이따금 송이의 얼굴을 볼 수 있었다. 송이의 시각장애인 파트너는 송이를 목욕시키기 위해 견사에 방문하곤 했는데 그때마다 송이는 나를 반겨주었고 우리 둘이 하던 놀이도 기억해주었다. 그렇게 사람에 대한 배려가 깊었던 송이는 나이가 들어 은퇴를 하고 너무나도 좋은 가족을 만나 은퇴견으로서의 삶을 살게 되었다. 그러나 은퇴견으로 보낸 송이의 시간은 그리 길지 못했다. 어느 날부턴가 송이는 잘 걷지 못하게 되었고, 깔끔한 성격에 죽어도 밖에서 배변을 봐야 했던 송이는 더 이상 홈케어 가정에서 머무를 수 없었다(송이가 머물던 홈케어 가정은 2층까지 계단으로 이동해야 했기에 케어가 힘든 상황이었다). 학교로 돌아와서도 송이의 상태는 호전되지 않았다. 나중에는 통증으로 인한 고통 때문인지 눈동자가 흔들리기까지 했다. 그런데도 나를 위해 꼬리를 툭툭 흔들어주던 녀석, 결국 내 눈물샘을 터트리고야 말았다. 기력이 쇠해져 물조차 혼자 마시지 못하면서 꼬리를 흔들어주던 그 모습을 난 평생 잊지 못할 것 같다. 지금도 내 책상 위에는 뉴질랜드에서 송이를 보낼 때 같이 보내준 어린 송이의 사진이 놓여 있다.

언젠가 내 친구가 이런 질문을 한 적이 있다.

"너는 언제가 가장 행복하다고 느끼니?"

그때 나는 내 머리가 미처 생각하기도 전에 입이 먼저 "일할 때"
라고 말해버렸다.

올해로 내가 안내견학교와 인연을 맺은 지 17년이 되었다. 그사
이에 나에게는 사랑하는 남편도 생기고 나를 닮아 개를 무척이나
좋아하는 귀여운 아들도 생겼다. 물론, 나는 내 가족과 함께 있을

때 행복하다. 하지만 나에게 일은 마치 첫아이 같은 느낌이다. 가족보다 더 사랑하고 덜 사랑하고 하는 문제가 아닌, 무엇과도 바꿀 수 없는 소중함 그 자체인 것이다. 도대체 하나님은 얼마나 나를 사랑하시기에 이렇게 좋은 일을 주셨을까, 항상 감사하는 마음을 갖게 된다.

나에게 이런 좋은 인연을 맺게 해준 바위는 미처 다 자라기도 전에 무지개다리를 건너고 말았다. 태어나서 그때처럼 울어본 적은 아마 처음이었던 것 같다.

나는 편안한 모습으로 잠든 바위의 목에 내가 아끼는 목걸이를 걸어주고 크고 보드라운 귀를 만져주며 다짐했다.

"너같이 안타깝게 세상을 떠나는 강아지들이 더 이상 없도록 내가 열심히 노력할게. 미안하고 고맙다, 바위야."

바위는 아마도 나를 여기에 머무르게 하려고 하늘에서 보내준 천사가 아닌가 싶다. 나도 사람인데 왜 힘든 순간이 없으랴. 하지만 그럴 때마다 나는 그때의 다짐을 되새기며 힘을 내곤 한다. 천국에서 지켜보고 있을 바위와 송이, 그리고 사랑스러운 녀석들에게 부끄럽지 않도록.

# 안내견은
# 내 운명

안내견 훈련사 · 신규돌

안내견학교에서의 20년은 곧 나의 20년 회사 생활과 맥을 같이 한다. 그 20년을 돌아보니, 참으로 많은 일들이 있었다. 특히 당시 엔 누구에게나 생소했을 '안내견'이란 존재가 내 인생의 황금기를 함께할 것이라고는 상상조차 하지 못했다.

농사꾼 집안의 아들로 태어나 자란 나는 개와 함께할 운명과 맞닿아 있었다. 아파트가 즐비한 도시와 달리 농촌에서 개는 다 정한 친구이긴 했지만, 가축 그 이상도 그 이하도 아니었다. 한낱 가축으로만 여기던 동물이 관심의 대상이 된 건 대학 진학을 앞 둔 즈음이었다.

시골에서 보고 자란 것이라고는 가축들뿐이었다. 그런데 정작 그들이 원하는 것이 무엇이며, 우리와 어떤 관계를 맺고 살아야 하는지에 대해서는 단 한 번도 고민하지 못했었다. 늘 곁에 있었고 함께하는 것이 너무나 당연하다 여겼기 때문일 것이다. 그런데 그런 동물들이 어느 한순간 낯설게 느껴졌고, 이것이 내가 축산을 전공하게 된 이유다.

군 시절, 축산을 전공했다는 이유로 나는 군견병으로 차출되어 깊은 산중으로 보내졌다. 그리고 마주하게 된 군견 셰퍼드는 어렸을 때부터 시골에서 키우던 개들과는 질적으로 다른, 그야말로 공포 그 자체였다. 크기부터 사람을 압도했고, 우락부락한 외모에서 풍기는 카리스마는 함부로 범접할 수 없었다. 그러나 차차 특성을 파악하고 친해지다 보니, 겉으로 보이는 괴팍스러운 모습은 프로페셔널한 그들의 한 모습에 불과했다. 실제로는 여느 개들과 마찬가지로 주인으로부터 사랑받기를 원하는 여린 심성의 강아지들에 불과했다. 군견과 나는 과업을 수행하기 위해 땀을 흘리는 파트너가 되었고, 이것이 훈련사로서 내딛는 내 첫발이 되었다.

군견 훈련의 이력은 제대 후 훈련사로서 개와의 인연을 계속해 나갈 수 있게 해주었다. 1993년 6월 나는 에스원의 전신인 '한국안전 시스템'에 입사하게 되었다. 그곳에서 난 경비견을 훈련시켜

내가 훈련시킨 안내견이 어떤 시각장애인을 만날까?

그 시각장애인은 안내견과 만나며,

또 어떤 미래를 꿈꾸게 될까?

전국의 각 계열사에 파견하는 업무를 맡았다. 그런데 3개월 후, '안내견학교' 부서가 신설되어 우리 파트 내에서 안내견 사육 업무를 맡을 인력을 뽑는다는 공지가 있었다. 하지만 아무도 관심이 없었다. 당시 안내견은 너무나도 생소했을 뿐만 아니라, 멋있는 셰퍼드 훈련에 비해 안내견 훈련은 상대적으로 맥 빠지는 훈련이라는 인식이 있었기 때문이다. 그리하여 신참이라는 이유로 내가 안내견 부서로 보내졌다. 경비견 훈련이 적성에 맞지 않아 고민하던 차에 잘되었다고 스스로를 위안했지만, 서운한 마음이 들었던 것도 사실이었다. 그런데 인생사 새옹지마塞翁之馬라 했다.

　나를 포함하여 총 세 명이 안내견학교의 초기 멤버였다. 우리 셋이서 번식, 사육, 퍼피워킹, 훈련, 파트너 교육 등 모든 업무를 총괄했기 때문에 전문성 따위는 기대할 수도 없는 상황이었다. 나이가 제일 어린 나는 견사에서 개들을 돌보는 사육 업무를 담당했다. 하루 종일 밥 주고, 청소하고, 똥 치우는 일만 약 3년을 했다. 강렬한 카리스마를 지닌 셰퍼드에 비해 안내견으로 활동하는 리트리버는 여러 가지로 많이 다르고 나름의 매력도 있었다. 안내견들은 잘 때를 제외하고 깨어 있는 동안에는 언제나 밝고 명랑했다. 특히 사람을 좋아해서, 경계심은커녕 칼을 든 강도조차 꼬리 치며 반길 판이었다.

그러나 반복적인 사육 업무를 통해 안내견의 참된 의미를 찾기에는 일상이 지나치게 단조롭게 느껴졌다. 게다가 내가 밥 주고 키운 안내견과 시각장애인의 역사적인 첫 분양 현장을 지켜볼 수 있는 기회도 제대로 주어지지 않으니, 내가 무엇을 위해 이 일을 하고 있는지 동기 부여조차 되지 않았다.

세 명의 구성원으로 출발한 안내견 업무는 곧 한계를 드러냈다. 그리하여 1995년, 안내견학교는 삼성화재의 지원과 에버랜드의 운영 아래 '국제화 기획실'로 재편되었다. 인력도 보강되며 그제야 제대로 된 안내견 사업이 시작되었다. 이때부터 난 사육 업무와 더불어 퍼피워킹 업무에 투입되었다. 당시에는 강아지의 사회화 훈련을 돕는 위탁 자원봉사자를 쉽게 구할 수 없었기 때문에 직원이 직접 견사에서 퍼피워킹을 도맡아 했다. 그러나 가정에서 한 마리씩 도맡아 해야 할 일을 견사에서 동시에 여러 마리를 하려니 힘든 일이 한두 가지가 아니었다. 아침밥을 먹이고 차에 여러 마리의 강아지를 태워 이동하는 사이, 차 바닥이 녀석들의 똥으로 초토화되는 것은 애교에 불과했다. 강아지들을 데리고 공공장소에 들어가는 것은 애초에 불가능했으며, 그냥 걸어 다니기만 해도 위험하다며 항의하는 시민들도 많았다. 그제야 난 내가 지금 하는 일이 보통 일이 아님을 깨닫게 되었다.

안내견학교가 자리를 잡으면서 전 직원이 함께 모여 안내견 분양을 축하하는 자리가 마련되었다. 이 자리에서 들은 한 시각장애인 파트너의 소감이 감동으로 남아 지금의 나를 만들었다.

"안내견과 걷기 시작하면서 들리지 않았던 음악 소리를 들을 수 있게 되었고, 느껴지지 않던 바람을 느낄 수 있어 행복합니다."

처음에는 그 말이 전혀 이해가 안 되었다. 그러나 직접 안대로 눈을 가리고 훈련을 해보니, 조금은 말뜻을 이해할 수 있게 되었다. 눈을 가리고 아무것도 보이지 않는 가운데 걸으니, 음악 소리가 들려도 그것이 어떤 가수의 무슨 노래인지는 전혀 귀에 들어오지 않았고 오히려 보행을 방해하는 소음으로 들렸다. 바람 또한 감각을 흩뜨려놓는 훼방꾼에 불과했다. 눈만 가렸을 뿐인데, 전혀 다른 세상과 마주한 느낌이었다. 그때부터 내가 관리하는 모든 개들이 전보다 더 특별하게 여겨졌다. 그리고 다른 누군가에게 말할 수 없는 행복을 선사하는 이 소중한 생명체들을 존경하는 마음으로 대하기 시작했다.

입사한 지 약 5년이 지나서야 난 본격적으로 안내견 훈련에 참여할 수 있었다. 너무나도 설레는 마음으로 시작한 안내견 훈련이었다. 하지만 현실은 맨땅에 헤딩하는 것과 마찬가지였다. 해외에서 연수를 받기는 했지만, 궁금한 것을 물어볼 곳도 없고 의논할 사람도 마땅치 않았다. 그러니 요즘엔 6개월 정도면 끝낼 안내견 훈련이 그 당시엔 자그마치 23개월이나 걸렸다.

훈련 기술도 부족했지만 사회적 인식의 부족도 훈련에 큰 걸림돌이 되었다. 그땐 도저히 마음 놓고 훈련을 할 수 없을 정도로 제약이 많았다.

특히나 엘리베이터를 타거나 실내 환경 적응을 위해 건물 안으로 들어가면 쫓겨나기 일쑤였다. 아무리 설명을 해도 막무가내였고 인간적 모멸감마저 느껴야 했다.

왜 이런 인간 이하의 대접을 받으면서 이 일을 해야 하는지, 눈물을 흘린 적이 한두 번이 아니었다. 하지만 23개월간의 힘든 훈련을 마치고, 내가 훈련시킨 안내견이 시각장애인 파트너와 만나 같은 걸음을 내딛는 모습을 보는 순간, 모든 악감정은 눈 녹듯 녹아내렸다. 내가 무엇을 위해 이 일을 하는지 진정한 의미를 알 수 있게 해준 나의 첫 번째 안내견과 시각장애인 파트너의 모습은 지금도 내게 큰 힘이 된다.

축산을 전공한 나의 이력은 개와 관련된 지금의 모습을 어느 정도 예측할 수 있게 해주었다. 하지만 장애인과 함께 생활하고, 그들을 위해 일을 할 것이라고는 꿈에도 생각하지 못했다. 분명 이 일을 하기 전에도 어디에선가 시각장애인을 보았을 텐데, 특별히 떠오르는 기억이 없다. 아마도 그들을 우리와는 전혀 다른 세계에 사는 사람들로 인식했기 때문일 것이다. 그랬던 시각장애인들이 이제는 너무나 당연히 같은 공간에 있어야 할 사회구성원으로 여겨진다. 특히나 내가 훈련시킨 안내견이 시각장애인과 파트너가

되어 함께 나아가는 모습을 볼 때 더더욱 그렇게 느껴진다.

둘째 아이는 커서 안내견 훈련사가 되고 싶다고 말한다. 그런데 부모 중에는 의외로 자신의 직업을 자녀에게 물려주고 싶지 않아하는 사람들이 많다. 아마도 대부분 그 직업이 일이라기보다는 현실적으로 할 수밖에 없는 노동에 가까운 것이라 여겨서 그런 게 아닐까 싶다. 그러나 일과 노동의 차이는 결국 자신이 얼마나 그 직업에 의미와 애착을 두는지에 따라 달려 있다고 생각한다. 난 내 아이가 훗날 안내견 훈련사가 되는 것을 두 손 들고 환영한다. 다른 사람의 행복을 통해 성취감을 느낄 수 있는 직업은 결코 흔치 않다. 그리고 안내견 훈련사는 그 몇 안 되는 직업 중에 하나라 자부한다.

시골 농부의 아들로 태어나 개들과 함께했던 어린 시절, 안내견 훈련사가 된 지금과 시각장애인과의 만남까지, 이 모든 것이 전혀 예상하지 못했던 내 인생의 행적들이다. 그리고 앞으로 어떤 운명이 나를 기다리고 있을지 좀처럼 알 수 없다.

내가 훈련시킨 안내견이 어떤 시각장애인을 만날까?
그 시각장애인은 안내견과 만나며, 또 어떤 미래를 꿈꾸게 될까?
이 모든 것이 알 수 없는 미래다.

20년이란 시간은 그냥 만들어지지 않았다. 매 순간, 꿈과 열정을 지닌 이들이 함께 모여 만든 시간들이었다. 이 모든 꿈과 열정은 앞으로 펼쳐질 예상할 수 없는 미래의 초석이 될 것이다. 함께 일하는 동안 후회 없이 살아가려 한다.

모든 안내견 식구들과 함께 안내견학교의 20주년을 축하하고 싶다.

# 운명처검 만난
## 안내견과 함께한 20년

안내견 파트너 교육 담당자 · 이성진

안내견을 돌보는 파트너들이 가장 꺼리는 일은 무엇일까? 아무래도 안내견들의 대소변을 처리하는 일이 아닐까 싶다. 그래서 무엇보다 거부감을 없애는 일이 중요하다. 또 환경이 바뀌어서 잘 적응하지 못하는 안내견을 잘 유도해서 일정한 시간에 배변을 할 수 있도록 훈련시키는 방법도 알려주어야 한다.

어디 그뿐인가? 변의 상태에 따라 안내견의 건강상태를 점검할 수 있도록 상세하게 일러주어야 한다. 때문에 4주간의 분양 훈련을 진행하면서 이때만큼은 분위기를 화기애애하게 만들려고 노력한다.

"안내견이 변을 보면 잘했다고 사료를 주면서 보상해주세요!"

"바닥에 벽화를 그릴 수 있으니까 강하게 힘주지 말고 가볍게 주우세요. 너무 힘을 주면 비닐이 터져서 손톱에 낄 수 있습니다~."

이런 소소한 농담을 주고받으면 어느새 웃음꽃이 피고, 안내견의 대소변을 내 자식의 그것인 양 거부감 없이 처리하는 모습을 볼 수 있다. 이런 과정을 통해 안내견과 파트너가 서로 교감하고 하나가 되어가는 모습을 보면서 내 직업에 큰 자부심과 긍지를 느낀다. 되돌아보면 안내견 훈련사가 된 건 우연이 아니었던 것 같다.

안내견의 존재를 처음 알게 된 건 지난 1989년, 일본에서 유학하던 시절이었다. TV를 통해 일본에서는 1950년대부터 안내견 사업이 시작됐고, 그로부터 30여 년 뒤 일본 전역에 안내견학교가 8곳이나 있을 정도로 발전했다는 사실을 알게 됐다.

당시 맡은 소임을 척척 해내는 안내견도 신기했지만, 시각장애인들을 위해서 안내견을 활용하는 일본 사회가 새롭게 보였다. 그리고 머지않아 한국에서도 안내견이 도입돼 시각장애인의 재활에 큰 도움을 주게 될 것이라는 확신이 들었다. 그때 나는 일본어를 어느 정도 익히면 귀국하겠다는 생각을 바꿔서 사회복지학과에 입학했다.

안내견과 파트너가 서로 교감하고
하나가 되어가는 모습을 보면서
내 직업에 큰 자부심과 긍지를 느낀다.
되돌아보면 안내견 훈련사가 된 건 우연이 아니었던 것 같다.

그리고 도쿄에 있는 '아이메이트'라는 안내견 협회를 방문해서 안내견을 처음 만져보게 되었는데, 안내견의 늠름한 자태는 물론이고 훈련사의 지시에 따라 일사불란하게 움직이는 모습은 정말 신기함 그 이상이었다. 안대를 하고 시각장애인처럼 안내견에 의지해 보행을 하기도 했는데, 함께 보행하면서 나는 묘한 감정을 느꼈다. 동물, 그것도 이전까지 애완동물에 지나지 않았던 개에게 전적으로 나를 맡긴다는 건 깊은 애정과 신뢰가 없이는 불가능한 일이었기 때문이다.

당시 방문 첫날, 한국에도 안내견학교가 꼭 있었으면 한다는 나의 소신을 이야기했는데, 내 소망이 간절하게 느껴졌는지 초면인데도 안내견학교의 이사장께서 자택으로 나를 초대해 오랜 시간 안내견에 대해 자세하게 들려주었다.

일본 문화의 관례상 일반적으로 손님을 집으로까지 초대하지 않는 데다 당시엔 반한 감정이 심했기에 뜻밖에 정성 어린 호의를 보여준 이사장의 넓은 아량은 내게 깊은 인상을 심어주었다. 이 일은 나의 목표를 확실히 하는 계기가 되었으며, 이런 소중한 경험들이 지금까지 20년 동안 안내견과 함께할 수 있도록 나를 이끌었던 것 같다.

졸업 후 외국인인데도 나를 받아준 교토의 '관서맹도견협회'로

터전을 옮겨 그토록 꿈꾸던 안내견과 함께 생활하게 됐다. 그곳에
서 일하던 중 한국의 삼성그룹이 1993년부터 안내견 사업을 시작
했다는 소식을 들었다. 일본에서는 안내견 사업이 기업과 자치단
체의 후원과 개인의 기부로 이루어졌기 때문에 철저하게 공익을
추구한다. 그런데 한국에서 대기업이 사회공헌 활동의 일환으로
안내견학교를 운영한다니 그야말로 혁신적이었다.

　이후 삼성화재안내견학교는 한국에서 내 꿈을 실현할 수 있는
좋은 기회를 제공해주었다.

　나는 일본에서 강압적인 방법으로 안내견을 훈련시키는 모습을
보면서 명령에 따라 수동적으로 움직이는 안내견이 아닌 스스로 생
각하는 안내견을 만들어야겠다는 신념을 갖게 됐다. 그러나 본능이

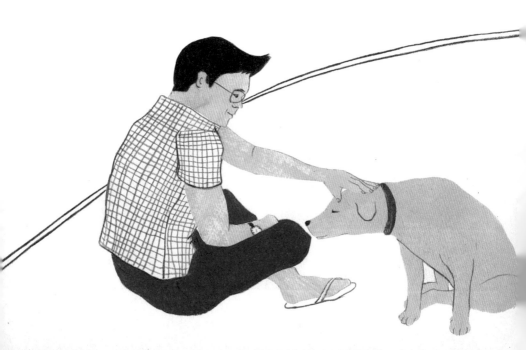

강한 개들을 내 신념대로 훈련시키기 위해서는 획기적인 방법이 필요했다. 그때 공교롭게도 삼성화재안내견학교에서 안내견 파트너가 길거리에서 변을 본 안내견을 견줄로 강하게 통제했다는 이유로 안내견을 강제로 회수하는 일이 발생했다. 이런 쓰라린 경험을 계기로 안내견을 훈련하는 방법에 서서히 변화가 찾아왔다. 아울러 당시는 애견 문화가 발달하면서 안내견의 복지가 강화되던 시점이기도 했다.

　하지만 통제를 통한 전통적인 훈련 프로그램에서 긍정적인 보상 강화에 기초한 프로그램으로 변경하는 일은 쉽지 않았다. 먼저 음식을 이용해 안내견에게 동기 부여를 하는 방법은 음식에 대한 유혹만 커지게 할 뿐이라는 부정적인 생각을 변화시켜야 했다.

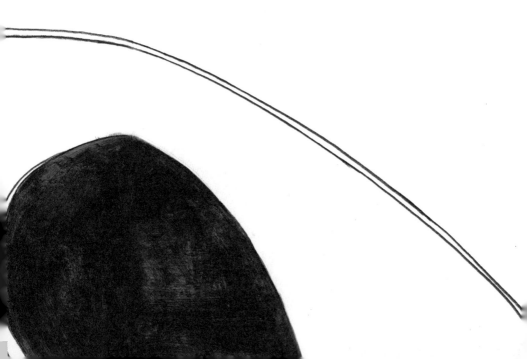

그래서 클리커 훈련*을 통해 음식으로 보상하면서 안내견의 능동성을 극대화하는 데 주력했다. 이에 따라 훈련사들을 체벌과 강요를 최소화하고 긍정적인 방법을 선호하게 했다.

특히 안내견 파트너들은 통제를 필요로 하는 강한 개보다는 성품이 온화하고 다루기 쉬운 개를 선호하는 경향이 있는데, 이런 개는 자신감이 부족하기 때문에 보행할 때 자신감을 심어주는 훈련 기법이 필요했다.

이런 훈련방법은 미국 안내견학교인 GDB의 이론과 청각견과 애완견의 훈련방법을 토대로 완성했다. 또 보행 환경이 좋지 않은 한국의 현실을 고려하고 사회적 인식을 반영해 응용, 발전시켜나갔다.

지난 20년간 안내견을 육성하면서 무엇보다 안내견 파트너의 역할이 중요하다는 사실을 알게 됐다. 그들이 역량을 갖춘 핸들러로 거듭날 수 있도록 최대한 돕는 일은 안내견의 지위와 위상을 높이는 일이기 때문이다. 그러기 위해서 안내견 파트너 개개인의 환경에 맞는 핸들링 기술을 전수하고 안내견과 교감할 수 있는 여

**클리커 훈련** "딸칵" 하는 클리커 소리를 이용해 칭찬을 통한 보상을 해줌으로써 특정 행동을 강화하는 훈련법

건을 제공하는 일이 중요하다고 생각한다. 더 나아가 삼성만의 독창적인 훈련방법을 발전시켜 동양의 여러 안내견학교에 전파해 삼성화재안내견학교의 위상을 드높이는 것도 한국의 안내견 사업이 발전하는 데 큰 역할을 할 것이라 생각한다. 그리고 무엇보다 한국 사회에서 안내견들이 홀대받지 않고 행복한 여생을 누릴 수 있고 장애인들의 삶 또한 향상되는 사회 여건을 만들기 위해 노력할 것이다.

안내견 20주년을 진심으로 축하하며, 여기까지 오는 데 물심양면으로 아낌없는 지원을 해준 삼성화재, 삼성에버랜드 관계자를 비롯해 많은 시각장애인 관계자분들, 자원봉사자분들께도 감사의 말씀을 전한다. 그리고 아직까지 안내견에 대한 사회적 인식이 부족한 가운데 보이지 않는 곳에서 구슬땀을 흘리고 있을 안내견 파트너분들에게도 감사의 말씀을 전한다.

터키의 혁명 시인인 나짐 히크메트Nazim Hikmet, 1902-1963가 감옥에서 쓴 시를 마음에 새기면서 다시 한 번 다짐해본다.

"가장 훌륭한 시는 쓰여지지 않았다.
가장 아름다운 노래는 불려지지 않았다.

최고의 날들은 아직 살지 않은 날들

가장 넓은 바다로 항해되지 않았고 가장 먼 여행은 아직 끝나지

않았다.

불멸의 춤은 추어지지 않았으며

가장 빛나는 별은 발견되지 않은 별

무엇을 해야 할지 알 수 없을 때

그때 비로소 진정한 무언가를 할 수 있다.

어느 길로 가야 할지 더 이상 알 수 없을 때

그때가 비로소 진정한 여행의 시작이다."

# 가장 행복한 개,
# 안내견

안내견학교 수의사 · 김승호

"개가 참 대단하네. 사람도 하기 힘든 일을 하다니⋯⋯."

안내견을 지켜본 사람들이 자주 하는 말이다.

한국에 안내견이 소개된 지 어느덧 20년이란 세월이 흘렀다. 그동안 안내견의 역할이 널리 알려지고 덩달아 인식도 점점 개선되고 있지만, 아직까지 그들을 '대견하지만 좀 불쌍한 존재'로 생각하는 사람들이 많은 것 같다. 고된 훈련을 통해 본능을 억제하고 시각장애인을 위해 평생 희생만 하다가 스트레스로 병들어 죽는 개로 말이다.

하지만 안내견의 건강을 돌보는 수의사로 지난 10년 동안 그들을 지켜본 결과, 안내견은 분명히 행복한 개임에 틀림없었다.

아프지 않고 오래 사는 것은 사람은 물론 동물에게도 가장 기본적인 행복의 조건일 것이다. 그런 면에서 안내견은 태어날 때부터 행복의 조건을 갖추었다고 해도 과언이 아니다. 안내견은 일생에 걸쳐 철저하게 건강관리를 받는다. 먼저 유전자에 이상이 없어야 문제없이 성장할 수 있기 때문에 번식 단계부터 건강하고 좋은 자견이 태어날 수 있도록 관리되고 있다.

부모가 될 개들은 정기적으로 유전질환 검사와 종합건강검진 그리고 다양한 기질 평가를 받는 등 엄격하게 선발되고 번식하게 된다. 한마디로 안내견은 태생부터 다르다고 할 수 있다. 일반적으로 애완견들은 번식장에서 태어나 가정으로 분양되는데, 열악한 환경과 스트레스로 전염병에 걸리거나 각종 질병에 노출되기 때문에 상당수의 개들이 자견 시기에 생명을 잃는 경우가 많다. 하지만 안내견은 위생적인 환경에서 성장하면서 평생 동안 정기적인 예방접종과 기생충 예방 등 기본 건강프로그램에 따라 철저하게 건강관리를 받기 때문에 일찍 생명을 잃는 경우는 거의 없다.

그렇다고 안내견이 질병으로부터 완전히 자유로운 것만은 아니다. 그래서 안내견학교는 동물병원을 마련해 견사에 상주하는 훈련견뿐만 아니라 외부에 위탁한 훈련견과 은퇴견, 그리고 활동

중인 안내견 모두 언제든지 진료를 받을 수 있는 시스템을 갖추고 있다.

또 안내견이 외부에 있을 경우, 일반 동물병원에서도 진료를 받을 수 있도록 재정적 지원을 아끼지 않는다. 거기다 수의과 대학병원과 전문 교수진을 자문단으로 위촉해 전문적인 진료를 받을 수 있도록 하고 있다.

그뿐만이 아니다. 안내견은 정기적으로 또는 수시로 종합검진을 받는다. 훈련 전후, 분양 전에 종합검진을 받는 건 물론이고 은퇴한 노령견에 대해서도 매년 종합건강검진을 실시하고 있다. 이처럼 안내견은 어떤 질병이든 끝까지 치료해주고 삶을 마감할 때까지 철저하게 노후를 돌봐주고 있다.

여느 가정의 반려견보다 더 많은 의료혜택을 받고 있는 안내견은 그야말로 '요람에서 무덤까지' 체계적인 건강관리를 받기 때문에 안내견의 수명이 실제로 동일 품종의 가정견보다 더 길다. 국내에 정확한 통계자료가 없어 비교할 수 없으나, 일본의 한 통계를 보면 가정견의 경우 평균수명이 11.9년이었고, 안내견으로 은퇴한 경우 12.9년으로 조사된 적이 있다.

또 영국의 켄넬클럽에서 조사한 연구 자료에도 가정에서 키우는 래브라도 리트리버 품종의 평균 수명은 12.3년 정도로 나와 있다. 이에 비해 우리 안내견학교의 은퇴견 평균수명은 이미 13년을 넘었고, 현재 40여 마리의 은퇴견이 평균 12년 이상 생존해 있어, 그 기대 수명은 더욱 길어질 것으로 보인다.

이렇게 볼 때 안내견이 스트레스로 일찍 죽는다는 편견은 바뀌어야 한다고 본다.


한편 반려견으로 살아가는 많은 개들은 스트레스로 인해 문제 행동을 보이고 그로 인해 질병을 앓거나 때로는 키우던 가족에게 버려지기도 한다. 개들이 받는 스트레스는 주로 사회화 부족, 부적절한 관계 형성, 부족한 유대 등에서 유발된다. 쉽게 말하면 제대로 된 훈련을 받지 못해서이다. 흔히 훈련이라 하면 강압적이고 부정적으로 생각하기 쉬운데, 말을 좀 더 부드럽게 바꾸어보면 교육이라고 표현하는 것이 더 맞다.

일반 가정의 반려견와 달리 안내견은 태어나서부터 각 나이별로 적절한 시기에 필요한 훈련, 즉 교육을 아주 전문적으로 받게 된다. 생후부터 이유기까지, 그리고 이유기 후부터 성장기를 거쳐 성견기에 이르기까지 각각 알맞은 교육을 통해 인간사회에서 살아가는 방법을 익혀 사람과 좋은 관계를 유지하는 방법을 배우게 된다. 이를 통해 낯선 환경이나 상황에 대한 불안감이나 두려

태어나서 죽을 때까지 단 하루도 혼자 남겨져 있지 않는,
외롭지 않은 개가 바로 안내견이다.
건강하게 잘 먹고 편하게 생활하면서
끝까지 외롭지 않게 인간에게 사랑받는 것이 그들의 행복이 아닐까?

움, 욕구불만 등에서 오는 스트레스를 덜 받게 된다. 그렇기 때문에 심리적으로 안정을 유지해 건강한 삶을 누릴 수 있게 된다.

흔히 안내견이 본능을 억제하고 욕구를 참고 있다고 생각하지만 사실은 그렇지 않다. 안내견을 교육할 때 억지로 강압적으로 시키는 것이 아니라, 그런 성향의 개를 선발해서 좋아하는 영역을 긍정적으로 발전시켜나가는 것이기 때문이다. 사람으로 치자면 적성과 특기를 살리는 엘리트 교육인 셈이다.

사실 개의 본능이란 짖고 물고 뛰어다니는 것만이 전부가 아니다. 개의 본능은 궁극적으로 인간의 무리에서 자신의 안전을 보장받는 것이다. 그러기 위해서 인간이 원하는 행동을 하게 되고, 그 행동으로 먹이, 잠자리 등 안정적인 삶을 얻게 된다고 생각하면 안내견은 본능을 억제하며 살고 있는 게 아니라 반대로 가장 본능에 충실한 개라고 할 수 있다. 이런 이유로 안내견이 훈련을 통해 억지로 절제하고 인내하는 가여운 동물이라는 편견을 이제는 바꾸었으면 한다.

개는 사회적 동물이라고 한다. 항상 누군가와 유대를 가져야 하고 혼자 남겨지는 것에 대한 불안감을 가지고 있다. 일반 가정견 중 상당수가 혼자 집을 지키거나 사람과의 잘못된 유대관계로 스트레스를 받는 반면, 안내견은 늘 곁에서 보살펴주고 동행하는 사람이 있는 데다, 친밀한 품성과 외모로 누구에게나 호감과 사랑을 받고 있다. 또 다른 개들은 갈 수 없는 공공장소에도 출입할 수 있는 특권을 가졌기에 항상 보호자와 함께 다닐 수 있다.

태어나서 죽을 때까지 단 하루도 혼자 남겨져 있지 않는, 외롭지 않은 개가 바로 안내견인 것이다.


인간에게 행복의 조건은 다양하지만 동물인 개는 그에 비해 단순하고 명확하다. 건강하게 잘 먹고 편하게 생활하면서 끝까지 외롭지 않게 인간에게 사랑받는 것이 그들의 행복이 아닐까 생각된다.

영국의 한 동물복지위원회가 1996년에 제정한 '동물의 5대 자유'를 보면 우리가 지켜야 할 동물의 존엄과 복지가 무엇인지 쉽게 알 수 있다.

5대 자유란 '갈증, 배고픔, 영양결핍으로부터의 자유' '불편함으로부터의 자유' '고통, 상처, 질병으로부터의 자유' '정상적인 행동을 표현할 자유' '두려움과 스트레스로부터의 자유'이다.

위와 같은 5대 자유를 안내견들이 이미 누리고 있다고 봐도 과언이 아니다.

안내견에겐 나이와 건강상태에 맞는 먹이가 일정하게 급여되고, 훈련 견사에서든 위탁가정에서든 안락하게 지낼 공간과 환경을 마련해주고 있으며, 질병과 상처가 발생하지 않도록 지속적인 예방관리와 최상의 의료혜택을 제공해주고 있다. 또한 인간과 유대 관계를 바르게 형성할 수 있는 교육의 기회를 제공하고 있다. 그리고 무엇보다 안내견학교의 충분한 재정적 지원을 바탕으로 직원과 자원봉사자의 헌신적인 사랑을 노후까지 받을 수 있다.

지난 10년 동안 수의사로 안내견을 돌보면서 다양한 환경에서 살아가는 견공들을 직·간접적으로 봐왔지만, 안내견만큼 좋은 환경에서 많은 혜택과 관심을 받는 개들은 보지 못했다.

안내견이 행복해야 그들의 파트너인 시각장애인과 안내견을 양성하고 돌보는 사람들도 행복하다. 나는 단언컨대 이 세상에서 가장 행복한 개가 바로 안내견이라 말하고 싶다.

# 제3장

또 다른
세상을 봅니다

## 안내견 파트너

안내견 파트너의 조건은 간단하지만 명확하다. 안내견이 필요한가, 그 안내
견을 잘 돌볼 수 있는가 하는 것이다. 안내견 파트너로 선정되면 한 달간 자신
의 안내견과 적응 과정을 거친 후 비로소 함께 호흡을 맞추어 생활하게 된다.

# 절망에서 나를 구한 안내견, 장미와 엄지

부산시 동삼동 · 정원례

1988년 5월, 나에게 엄청난 일이 일어났다.

큰아들이 사고로 세상을 떠났다. 나는 그 충격으로 시력을 잃고 말았다.

희미하게 조금 보이던 눈을 수술로 치료할 수 있다고 해서 수술을 했는데, 오히려 실명이 되고 말았다. 본래 조용한 편이었던 나는 그날 이후 말을 잃었다. 그리고 날마다 '내가 이렇게 살아서 뭐하나, 살아서 무슨 쓸모가 있을까……' 하며 절망 속에 살았다. 그렇게 12년간을 집 안에서만 지내던 어느 날, 우연히 TV에서 '삼성' '시각장애인 안내견'이란 말이 귀에 들렸다.

'시각장애인 안내견'이란 말을 그때 처음 들었지만, 귀가 번쩍 뜨이는 기분이었다. 이 두 단어를 붙들고 수십 통의 전화를 돌려 댔다.

당시 대부분의 기관들이 '시각장애인 안내견'을 알지 못했는데, 겨우 삼성화재안내견학교로 연락이 닿게 됐다. 통화를 하고 보름 후에 안내견학교의 직원 두 분과 안내견 '강토'가 내가 사는 부산 집으로 왔다. 인터뷰를 하러 온 것이다.

강토와 함께 보행을 하자 훨훨 나는 기분이 들었다. 그날 이후 나는 짝사랑을 하는 것처럼 안내견에게 빠져버렸다.


하지만 한참 동안 연락이 없었고, 이제나저제나 연락을 기다리 던 나도 지쳐 포기한 상태였다. 그런데 2003년 10월 초쯤에 "선생 님, 다시 한 번 찾아봬도 될까요?" 하며 드디어 연락이 왔다. 처음 그랬던 것처럼 안내견과 함께 다시 보행을 해보고 난 다음, 보름 쯤 후 나는 기다리던 소식을 들을 수 있었다!

"선생님, 축하합니다. 안내견이 배정됐습니다. 그런데 이곳으로 오셔서 합숙 훈련을 해야 하는데, 오실 수 있겠어요?"

"당연히 가야지요!"

두말하면 잔소리였다! 나는 흔쾌히 대답했다.

3주간의 합숙기간 동안 나는 정말 설레고 행복했다.

합숙 훈련을 같이한 우리 기수 중에 내가 가장 나이가 많았다. 매칭 훈련을 시작하기 전날 안내견을 받은 소감을 발표하는 시간이 있었는데, 어찌나 흥분했는지 나는 "무조건 너무 좋아요! 감사합니다"를 연발할 수밖에 없었다.

안내견학교 기숙사에서의 적응 훈련기간 내내 난 천진난만한 어린아이가 되어 있었다.


합숙 훈련을 마치고 내가 사는 부산의 집으로 내려와서 약 2주 동안 안내견 훈련사와 함께 현지 적응 훈련을 했다. 모든 훈련을 마치고 담당 훈련사가 나와 함께 지낼 안내견 '장미'를 남겨두고 안내견학교로 돌아갔다.

그런데 막상 장미랑 단둘이 남게 되자 나는 걱정이 앞서며 막막했다. 다음 날부터 새벽 예배를 가기 위해 장미와 함께 집을 나섰는데, 우려가 현실로 나타났다. 처음 며칠간 장미가 교회에 못 미처서 데려다주기도 하고, 교회를 그냥 지나치기도 했다. 그리고 모르는 골목으로 들어가서 두리번거리며 주춤하기도 했다.

나는 그때마다 장미에게 시간을 줬다.

"장미야, 잘 찾아봐. 너만 믿는다. 오던 길로 돌아가 보자"라고

말하자, 다시 돌아와 길을 제대로 찾은 장미가 의기양양해지는 걸 느꼈다.

'아, 이 아이들도 사람과 똑같은 감정을 가졌구나.'

나는 안내견에 대한 이해와 공감이 깊어져 갔다.

얼마 후 장미와 나는 완전히 적응했다. 그동안 외출하지 못한 세월이 믿겨지지 않을 만큼 매일 장미랑 외출을 했다. 버스도 타고 지하철도 타고 부산의 곳곳을 매일 다녔다.

부산에 탄생한 첫 안내견이라는 책임감을 갖고 관공서, 시장, 식당 어디든 자유롭게 하루에 몇 시간씩 걷거나 버스, 지하철을 타고 외출을 했다. 버스에서 승차 거절을 당하면, 차에 올라선 후 기사 옆에 서서 당당히 말했다.

"이 개는 개가 아니고 내 눈입니다. 사람이 못 하는 일을 이 개가 합니다. 비행기도 탈 수 있고 기차를 타면 이 안내견을 위한 좌석이 하나 나옵니다. 이 개가 무슨 피해라도 줍니까?"

그러고는 버스회사에 전화를 걸어 기사들에게 안내견에 대한 교육을 해달라고 요청했다.

안내견학교에서 배운 대로 지하철을 탔을 때 몰려드는 구경꾼들에게 설명을 하고, 만지려고 하는 사람들에겐 만지지 못하도록 주의를 주며 다녔다. 교회에서도 함부로 음식을 주지 못하도록 부탁하고, 바닥에는 음식을 흘리지 않도록 주의해달라고 부탁드렸다.

내성적이던 내가 이렇게 용감해질 수 있다니!

말수가 적었던 내가 이렇게 말이 많아질 수 있다니!

장미에 대한 얘기가 나오면 내 입은 멈춰지지가 않았다.

장미를 자랑하고 싶어서……

장미를 언제나 깨끗이 목욕시키고 털 손질을 해주었고, 나는 어깨를 펴고 걸었다. 장미랑 새벽기도를 마치고 돌아오는 산책길의 공기는 정말 달콤했다.

나를 닮아 조용한 성격인 아들들이 "우리 엄마가 말이 많아졌어……" 하고 웃곤 했다.


그렇게 장미랑 나는 8년 동안 새로운 인생을 살았다. 세월이 흘러 장미가 10살이 되고 은퇴할 시기가 되었다. 장미는 이미 내 삶, 내 육체의 일부가 되었지만, 보내야 할 때가 온 것이다.

마침 큰며느리의 산후 조리를 도와줘야 해서 2011년 봄, 장미를 보내고 몇 달을 복지도우미의 도움으로 지내게 되면서 '안내견 없이 살아볼까' 하는 생각을 하기도 했다. 하지만 시간이 지남에 따라 장미랑 자유롭게 거리를 활보하던 시절이 한없이 그리웠고,

– 장미와 은퇴견 홈케어 봉사자 정진경

"이 개는 개가 아니고 내 눈입니다.
사람이 못 하는 일을 이 개가 합니다."

사람의 몇 시간 도움만으로는 활동에 한계가 있다는 것을 깨닫게 되었다.

9월이 되어 마침내 결심이 서서, 다시 안내견학교에 전화를 했다.

"생각이 바뀌었습니까?"

"네, 안내견 없인 안 되겠습니다."

그리고 나의 두 번째 안내견 '엄지'가 왔다.

장미보다 덩치가 작았는데, 그야말로 막내처럼 엄지는 발랄하기 짝이 없었다. 걸음도 팔랑팔랑 발랄하게 걷고 성격도 애교스럽고 활달했다.

처음엔 장미와 다르게 까불거리듯 활발하게 걸어서 적응이 안 됐지만 곧 익숙해졌다. 막내딸로 온 엄지의 애교에 나는 흠뻑 녹아버렸는데, 오히려 밝은 엄지에게 내가 적응했다는 표현이 더 맞을 것 같다. 엄지랑 내가 어찌나 활발하게 걷는지, 지나가는 사람들에게 "정말 안 보여요? 조금은 보이죠?" 하는 우스운 질문을 자주 받기도 한다.


'지금의 나'를 만들어준 공은 100퍼센트 안내견이다.

가진 것 아무것도 없는 나를 절망에서 건져주고 삶에 대한 의지와 용기를 준 것은 사람이 아니라 안내견 장미와 엄지이다.

특히 8년을 함께하며 나를 일으켜 세워주고 기쁨을 준 장미는 나의 보물이다. 현재 내 곁을 지켜주는 작고 사랑스러운 엄지는, 앞으로 살아갈 나의 삶에 웃음과 행복을 줄 소중한 존재이기도 하다.

오늘도 새벽 기도를 마치고 엄지와 산책길을 걸으며 내가 감사해야 할 것들을 주님께 속삭인다.

"사랑하는 장미와 엄지야, 오래오래 건강하고 행복하렴! 이 엄마가 많이많이 사랑한단다."

# 늦둥이 딸,
# 안내견 포실이

서울시 불광동 · 김성수

우리 딸이 안내견을 분양받을 거라고 기대하지 않았다. 우선 집 사람과 딸은 강아지를 좋아하지 않았고, 나 또한 어릴 때 아픈 기억으로 집에서 개를 키우는 걸 반기지 않았기 때문이다. 하지만 딸아이가 안내견의 도움으로 자유롭게 보행을 할 수 있다면 어떨까 하고 진지하게 생각하고 있었는데, 마침 학교에서 준비한 안내 견학교 견학 프로그램을 다녀온 딸이 생각을 바꾸어 분양 쪽으로 굳어졌다.

바로 분양 신청을 하고 두 달 후 좋은 소식이 왔다. 우리 집에 안내견이 온다는 것이었다. 동반자가 될 강아지와의 만남을 위해 아이는 합숙 훈련을 받았고, 우리 집에 그 아이를 데려올 때까지 얼마나 시간이 더디게 갔는지 모른다.

드디어 2008년 2월, 포실이가 오던 날은 너무 춥고 눈도 많이 왔다. 그날은 회사에서 일이 손에 잡히지 않았다. 오후 4시에 학교 선생님과 포실이가 집에 도착했다는 연락이 왔다. 퇴근을 하자마자 집으로 달려가 현관문을 여니 포실이가 나를 반겼다. 어쩜 그렇게 예쁘고 잘생겼는지, 정말 매력적인 여자아이였다. 나는 포실이를 안는 순간, 이루 형언할 수 없는 감정이 북받쳤다. 앞으로 딸아이의 안내견으로, 또 가족의 일원으로 새로운 환경에 잘 적응해 주기를 바랄 뿐이었다.

그렇게 늦둥이 딸이 된 포실이는 한 성격(?) 하는 아이다. 어려서 그런지 말썽도 많이 피우고 고집을 부리는가 하면, 삐치면 눈도 마주치지 않았다. 오죽하면 집사람이 포실이 때문에 울기까지 했겠는가?

많은 우여곡절 끝에 우리는 한 가족이 될 수 있었다. 그런데 가만 보면 포실이는 우리 딸이 아기 때 하던 행동과 흡사한 점이 아주 많았다.

게다가 포실이는 아빠가 술을 한잔하고 들어오면 그날은 아빠를 너무 따른다. 코도 깨물고, 뽀뽀를 두 번 하고 다리를 주물러달라고 드러눕는다. 정말 애교가 철철 넘친다. 우리 늦둥이 딸 포실이가 우리 가족이 되면서 가정이 정말 화목해지고 대화가 많아지면서 포실이 언니도 덩달아 얼굴이 환해지는 정말 행복한 나날이었다.

그런데 어느덧 6년이란 세월이 흘러, 우리 막내딸도 나이가 들어버렸다. 함께한 세월만큼 포실이한테 잘해주지 못한 것 같아 항상 마음에 걸렸다.

특히 대소변을 볼 때마다 "만약 포실이가 잔디가 있는 큰 집에 살면 정말 좋아할 텐데……"라는 생각이 절로 들었다. 그러던 차에 2년 전 새로 지은 연립인데 옥상에 잔디를 조경해놓은 집이 눈에 들어왔다.

'이 집이다!' 싶어, 신바람이 나서 집사람과 바로 계약을 하고 한 달 뒤인 12월에 이사를 왔다. 6층 건물에 6층이었다. 집도 넓고 햇빛도 많이 들어와서 낮에는 일광욕도 즐기고, 잔디밭에서 뛰어놀 수도 있었다. 포실이는 눈이 많이 올 때도 발이 시려 발을 부르르 떨 때까지 신나게 논다.

포실이와 포실이 언니가 즐거워하는 모습을 보면 한 집안의 가장으로서 안도감과 함께 그동안 잘 못 해주었던 미안함이 교차하곤 한다.

이런 포실이의 모습을 보고 있노라면 어린 시절의 기억이 새삼 떠오른다.


내가 초등학교 2학년 때 우리 집에는 강아지를 키웠는데, 이름이 '쫑'이었다. 하루는 하굣길에 개장수 자전거를 흘끗 보았는데, 우리 쫑이랑 비슷한 개가 그 안에 있었다. '설마, 아니겠지······' 하고 생각하면서도 불안함에 집으로 곧장 달려갔다.

그런데 쫑이가 있어야 할 개집이 텅 비어 있었다.

"쫑~ 쫑!" 하고 부르며 아무리 둘러봐도 나오지 않았다.

어머니에게 순간 "우리 쫑이! 어디 있어요?" 하고 큰 소리로 물었다.

어머니는 당황해하며 "아까 낮에 개장수에게 팔았다" 하고 말씀하셨다.

그길로 달려가 개장수를 찾았지만, 이미 온데간데없었다.

시무룩해서 집에 돌아온 나는 쫑이를 찾아오라며 어머니에게 울고불고 난리를 피웠지만 이미 너무 늦어버린 후였다.

그 사건 이후로 나는 집에서 절대로 강아지를 못 키우게 했다. 크면 또 팔아버릴 줄 아는 이상, 아예 정들지 말자는 생각에서였다.

어릴 적 아픈 기억이 있어서였는지 모르겠지만, 내게 늦둥이 딸 포실이는 더욱 각별하다. 기억조차 떠올리기 힘들었던 어린 시절의 아픈 상처를 치유해주었기 때문이다.

그래서인지 포실이가 나이가 점점 들어감에 따라 은퇴할 것이라는 생각이 들면 마음 한구석이 시리곤 한다. 이 아이와 정이 들 만큼 들었는데 또다시 이별을 맞을까 봐 시간이 갈수록 먹먹한 마음이 드는 건 어쩔 수 없나 보다.

그런데 다행스럽게도 학교에서 좋은 소식이 왔다.

안내견이 아니라 동반자로 건강하면, 나이를 안 따진다고 하는 것이었다. 이보다 더 기쁜 소식이 또 있을까? 정말 감사하고 그저 또 감사했다.


우리 포실이가 아빠를 좋아하는 이유는 저녁에 퇴근해서 하는 산책 때문이다. 거리는 4킬로미터가 조금 넘는데, 산책 중에 조그만 애완견을 보기라도 하면 포실이는 꼬리를 치며 반갑다고 난리가 난다. 반면 큰 개가 오거나 집에서 짖으면 나 몰라라 하고 후다닥 걸어간다. 이런 모습을 보면 꼭 포실이가 동물이 아니라 사람처럼 느껴지곤 한다.

이렇게 자유롭게 뛰노는 것을 좋아하는 포실이를 위해 모래사장에서 맘껏 놀게 하려고 우리 가족은 일 년에 족히 두세 차례는 강릉이나 속초를 다녀온다. 물마저도 포실이가 잘 마시는 생수로 온 가족이 바꾸면서 정수기를 없앴다. 그야말로 이제는 포실이가 우리 가족 '대장'이다. 그래도 나는 좋다. 포실이로 인해 되찾은 우리 가정의 행복이 정말 크기에, 그에 비하면 포실이한테 해준 것이 너무 적은 듯 느껴진다.

"포실아~ 은퇴할 때까지 정말 건강하길 바라고, 우리 가족의 일원으로 살고 있는 것에 항상 고맙다."

# 사강해, 포부야!
## 내게 와줘서……

인천시 부평동 · 최유민

"포부야~ 잘 잤니? 알람을 듣자마자 일어나서 꼬리를 흔드는 거 보니 푹 잤구나. 아침에 잠에서 깰 때마다 네가 옆에 있다는 것을 손으로, 눈으로 확인할 수 있어서 항상 감사해. 널 안을 수 있어서도 행복하고, 함께 나갈 수 있어서 그것도 감사해. 너도 좋지?"

안내견 '포부'에게 매일 건네는 아침 인사다.

포부와 함께한 지도 어느새 5개월이나 지났다. 안내견학교에서 포부를 처음 만났을 때 포부는 나를 많이도 낯설어했다. 훈련사 선생님이 오시는지 계속 문 쪽만 바라보는 걸 느꼈으니까. 그런 포부를 어떻게 대해야 할지 무척이나 당황스러웠다.

하지만 포부가 '끄응~' 하고 앓는 소리를 내는 걸 들으면서 그제서야 녀석이 정든 사람과의 이별을 힘들어한다는 걸 알게 됐다. 마치 내 마음처럼 포부의 마음도 슬픔으로 가득 차 있었던 거였다. 그 순간, 나는 포부와 내가 최고의 파트너가 될 것이라는 예감이 들었다.


안내견학교에서 포부를 데리고 대구로 내려왔다. 대학 입학식을 하루 앞두고 낯선 환경에 적응하기 위해 미리 온 것이다. 기숙사부터 식당 그리고 포부의 DT장*까지 모든 것이 낯설기만 했다. 룸메이트가 아직 오지 않아서 기숙사 방은 더욱 썰렁했다.

그날 밤 포부를 끌어안고 자꾸만 밀려드는 공허함을 달랬다.

이튿날 입학식이 열리는 강의실에 도착했을 때, 맹학교보다 몇 배는 더 큰 공간과 수많은 책걸상에 기가 질렸다. 그리고 40명이 넘는 아이들 속에 있는 것 역시 생경하기만 했다. 룸메이트가 될 동기생과 같은 과 동기들과도 인사를 나누었지만 이상하게 기분만 더 가라앉았다. 그렇게 입학식이 끝났고, 그동안 어디에 계셨는지 훈련사 선생님이 다가와 이렇게 말을 건넸다.

**DT장** Dog Toilet, 강아지 화장실

"지금부터 보행 훈련 시작할게요. 우선 학교 주변부터 포부와 함께 걸어보겠습니다."

포부와 현지 적응 훈련을 하면서 걷는 일에만 집중하다 보니 오히려 마음이 편안해졌다. 입학식 전날 느꼈던 외로움과 서러움, 그리고 낯선 곳에 대한 불안이 모두 사라지는 느낌이었다. 차라리 계속 걷는 게 좋았다.

포부와 함께 보행 훈련을 하면서 보행에도 이론과 체계적인 방법이 있다는 사실을 알고 많이 놀랐다. 내가 앞으로 다니게 될 대학 주변의 지리를 익히는 현지 훈련에서도 마찬가지였다. 한 번도 가보지 않은 길을 익히는 것이었기에 나도 포부도 모두 긴장한 채로 잔존 시력과 느낌 그리고 소리 등 모든 걸 활용해서 길을 기억해야 했다.

"다시! 포부가 방향이 틀려도 유민 씨가 수정해서 바로 갈 수 있어야 해."

훈련사 선생님의 계속되는 가르침에 한시도 긴장의 끈을 놓을 수가 없었다. 그렇게 포부와 함께했던 보행 훈련은 3일 동안 계속됐다. 그 대장정의 끝은 동대구역이었고, 대구대학교 사범대를 지나 동대구역을 정복하기까지는 딱 3일이 걸렸던 것이다. 비장애인이라면 거침없이 나아갔을 길과 주저 없이 타고 내렸을 대중교통을, 나와 포부는 전력을 다해 하나하나 온몸으로 익혔다.

그렇게 훈련사 선생님의 가르침에 따라 보행 훈련을 하면서 그동안 막연하게 가지고 있었던 두려움이 사라졌다. 포부와 함께 걷는 길이 익숙해지면서 자신감이 생기고 대학생활도 모든 게 일사천리로 진행됐다.

같은 과 동기생들도, 과 행사 때문에 만나게 된 선배들도, 교수님들도 포부에게 관심을 가져주었고 그 관심은 나에게로 향했다. 그래서 그들이 다가오는 만큼 나도 가까이 다가갈 수 있었다.


어느 봄날, 비장애인과 장애인이 함께하는 사진전이 있다는 소식이 들려왔다. 함께 참여하지 않겠냐는 제의를 받자마자 "오케이!" 하며 승낙했다.

벚꽃이 그림처럼 흩날리는 정자 앞에서도 찍고, 그늘이 있는 푸른 잔디밭에서도 사진을 찍었다. 늘 내 곁에 있는 포부는 모두의 모델이었다. 그때 포부가 제일 좋아했던 촬영장은 아마도 운동장이었을 것이다. 마음껏 뛰어노는 포부가 얼마나 기뻐하는지 충분히 알 수 있었으니까…….

"야! 우리가 2등이래."

수상 소식을 듣자마자 포부에게 큰소리로 외쳤다. 1등은 커플사진이 뽑혔는데, 그다음으로 포부와 내가 함께 찍은 사진이 2등이 된 것이다. 우리의 사진은 대학 여기저기에 걸렸고 포부와 나는 스타가 됐다.

그렇게 나는 대학의 낭만과 자유를 포부와 함께 누렸다. 포부와 함께하는 시간이 늘어날수록 자신감도 점점 커졌다.


그러던 어느 날 평소 좋아하던 그룹 '부활' 콘서트에 도전해보기로 마음먹었다. 표를 예매하면서 안내견과 함께 가겠다고 하자, 직원이 당황하며 난처해했다. 그래서 나는 그 직원에게 안내견은 공공장소에 출입할 수 있다고 당당하게 말했다.

예전의 소극적이고 여리기만 했던 내가 참 많이 변했다는 사실을 새삼 확인할 수 있었다. 화를 참고 더 강하게 나가려고 마음먹었을 때 다행히 그쪽에서 안내견을 위해 좌석을 만들어주겠다는 말과 함께 장애인 할인도 받을 수 있다는 답이 왔다. 정말 좋아서 포부에게 뽀뽀를 퍼부었고, 당시 가입했던 온라인 카페에 그 얘기를 하니 카페 식구분들도 자신의 일처럼 함께 기뻐하며 격려해주었다.

포부와 내가 세상에 또 한 번 도전해서 승리한 순간이었다.

콘서트장이 지하철 역과 많이 떨어져 있어서 역까지는 포부와 함께 걷고, 실내체육관까지는 카페 회원분의 도움으로 공연장 안에 들어섰다. 관객들이 포부를 보고 나에게 인사를 했는데, 그것조차 새로운 감동으로 다가왔다. 한편으로는 시끄러운 음악 때문에 포부가 혹시라도 놀라거나 당황하지 않을까 하고 걱정했는데, 우려와 달리 포부는 자기 나름대로 콘서트를 즐겼다.

잔잔한 어쿠스틱 노래가 나올 땐 편히 누워서 감상했고, 'Never Ending Story'를 부를 땐 얌전히 들어주었다. 또 '희야' 하면 "꺄악 ~~!!!" 하고 울리는 함성에 벌떡 일어나 꼬리를 흔들기도 했다. 포부와 함께 있어서 몇 배는 더 즐거웠고 행복한 콘서트였다.

언젠가는 포부를 데리고 부활의 팬미팅에 갈 계획이다. 일단 하면 해낼 수 있으니까!


그렇지만 무엇보다 가슴이 설레고 신 나는 순간은 포부와 함께 길을 걸을 때이다.

몇 개월이 지났는데도 생생하기만 하다. 강남역 부근을 걸을 때 엄청나게 많은 사람들과 다양한 장애물들이 있었지만, 신기하게도 하나도 부딪히지 않게 나를 이끌어줬던 포부.

그때 느꼈던 경이로움은 기억 속에 강하게 남아 있다.

혼자 걸었다면 절대로 알 수 없었을 감정이다. 지팡이를 들 땐 내가 나 자신에게 당당하게 걸으라고 주문처럼 말하곤 했다. 하지만 포부가 옆에서 함께 걷게 된 후부터는 애써 나에게 채찍질하지 않아도 나도 모르게 걸음이 달라진다.

더욱 자신 있게, 더욱 당당하게…….


변화는 포부에게도 찾아왔다. 처음 만났을 때 그토록 나를 낯설어하던 녀석이 아침에 일어나면 꼬리를 흔들고 부비부비 하며 나를 깨우고, 자고 싶을 땐 내 무릎을 베고 잠이 든다. 특히 나에게 기대는 걸 좋아한다. 훈련사 선생님께선 버스 안에서 포부가 내 무릎에 머리를 기대는 걸 보고 포부가 날 많이 의지하는 거라고 말씀하셨다. 그날 일기에 나는 이렇게 썼다.


'내가 포부에게 받고 있는 신뢰와 믿음의 크기는 무한하다. 끝이 없는, 계속되는. 어쩌면 그건 인간은 품을 수 없는 것일지도 모른다. 사람들은 가지지 못한 아름답고 소중한 마음을 포부는 나에게 온전히 내어준 것이다. 작은 조각 하나 남기지 않고 모두 다.'


가끔 내가 부족하다고 느낄 때 나는 이날의 일기를 꺼내어 읽

사랑해, 포부야! 내게 와줘서,
지금 이 시간 곁에 있어줘서 고마워.
사랑해······.

는다. 그리고 포부를 이렇게 예쁘게 키워주신 퍼피워커 분과 안내견학교 훈련사 선생님들에게 감사드리며, 작은 소리로 이렇게 기원한다.

항상 처음처럼 포부를 사랑할 수 있기를…….


"사랑해, 포부야! 내게 와줘서, 지금 이 시간 곁에 있어줘서 고마워. 사랑해…….”

# 안내견
# 지미의 하루

서울시 구산동 · 강시연

내 이름은 지미!

나의 하루는 새벽 5시 30분에 시작된다. 왜냐고? 이제 곧 아침 먹을 시간이거든. 조금만 있으면 누나가 일어나 맛있는 아침밥을 주겠지만 나는 그보다 더 좋은 방법을 알고 있다.

누나에게 다가가 "낼름~" 하며 뽀뽀를 하면, "우히히" 역시 누나는 바로 일어난다.

드디어 대망의 식사 시간!

누나의 "먹어"라는 말소리가 떨어지기 무섭게 흡입 시작!

일단 밥을 먹고 나니 온 세상을 다 가진 기분이다.

누나와 함께 나만의 전용 화장실인 1층 주차장에서 시원하게 볼일을 마치고 누나가 뒷정리를 할 때까지 기다렸다가 다시 집으로 들어왔다.

이쯤 되면 누나도 출근 준비를 거의 끝냈을 시간이다. 매일 그러하듯이 누나는 가방을 메고 나에게 다가와 등에 하네스*를 채워 준다. 누나는 시각장애인으로, 누나의 안내견인 나는 누나와 함께 출근해야 한다. 이제부터는 내가 누나를 지켜줄 시간이다.

"오늘도 나만 믿어, 누나~."


선선한 아침 공기를 마시며 누나와 함께 출근하는 길.

주말 내내 집에만 있어서 그런지 오늘따라 바깥 공기가 더욱 상쾌하다. 누나와 보폭을 맞추며 한 발, 두 발, 걸어간다. 차가 다가오면 한쪽으로 잠시 물러섰다 다시 앞으로 나아간다. 누나가 다치지 않게 요리조리 잘 살펴보면서 오늘도 무사히 지하철역에 도착했다. 유독 계단 내려가는 걸 불안해하는 누나를 위해 열심히 배운 좌측 보행을 잠시 포기하고 난간이 있는 오른쪽으로 누나를 이끈다. 누나는 난간을 잡아가며 편안하게 계단을 내려간다.

---

**하네스** harness, 안내견 보조장구. 시각장애인과 안내견이 서로의 움직임을 전달하고 안전한 보행을 할 수 있도록 설계된 가죽 장구로, 안내견이 보행 중에 착용함

내심 뿌듯해하고 있을 때, 이런 뿌듯함도 잠시, 나의 영원한 맞수 등장!

곧이어 나타난 지하철 개찰구는 내가 제일 긴장하는 장애물이다. 저 녀석이 어찌나 날래고 변화무쌍한지, 내가 조금만 방심하면 어느새 내 얼굴을 후려치고 달아난다. 내가 긴장한 걸 아는지 누나는 부드러운 목소리로 가자고 말해준다.

하지만 절대 방심은 금물! 저 녀석이 절대 나를 건드릴 수 없도록 바람같이 달려가야 해~.

"후다다닥~." 우와~ 무사히 녀석을 지나쳤다!

이번엔 누나와 함께 승강장으로 향하는 에스컬레이터에 사뿐히 오른다. 무사히 승강장에 도착해 5-1 승강장 스크린도어 앞에 서서 문이 열리길 기다렸다. 가끔 나를 보고 왜 개를 데리고 지하철

에 타느냐고 화를 내는 어르신들도 계시고, 누나와 내 가슴이 벌렁벌렁할 정도로 큰 소리를 지르는 사람이 있어서 한 쪽이라도 막혀 있는 교통약자석 칸에 타는 게 편하다. 이윽고 지하철 문이 열리고 사람들이 먼저 내릴 때까지 기다린 다음 누나를 이끈다.

오늘은 운이 좋은 날이다. 우리 앞에 빈자리가 나타났다. 얼른 누나를 빈자리로 안내한다. 고맙다고 머리를 쓰다듬어주고 자리에 앉는 누나는 의자 밑 빈 곳에 내가 불편하지 않도록 엎드리게 해준 다음에 다리를 뻗어 내 발과 얼굴을 가려준다. 그렇게 하면 누나가 많이 불편하겠지만, 다른 사람들을 최대한 배려하기 위해서다.

어느새 단잠에 빠져 편안하게 자고 있는데, 누나에게서 어떤 움직임이 느껴진다. 벌써 도착했나 싶어 순간 잠이 확 깨어 벌떡 일어나자 누나는 웃으며 안심하라고 나를 다정하게 어루만져준다. 누나의 손길을 느끼며 천천히 사람들 사이로 걸어가 문 앞에 자리를 잡았다. 우리가 내려야 할 역은 유난히 승강장 사이가 넓은 환승역이다. 누나와 만난 지 얼마 안 됐을 때, 서로 호흡이 맞지 않아서 승강장 사이로 누나의 다리가 빠진 적이 있었기 때문에 더더욱 조심해야 한다. 그때 내가 얼마나 놀라고 미안했는지, 그래서 지금도 늘 조심하는 편이다.

오늘은 지하철에서 무사히 내렸으니 어쨌든 첫 번째 미션은 성공한 셈이다. 그러나 누나와 나에게는 곧이어 두 번째 미션이 주어졌다. 그것은 바로, 에스컬레이터 탑승하기.

환승을 하기 위해 몰린 수많은 사람들이 한꺼번에 에스컬레이터로 몰리는 가운데 누나와 나는 저 인파를 뚫고 무사히 그곳에 올라야 한다. 장애물이 많으면 많을수록 미션을 성공했을 때의 쾌감은 더욱 큰 법. 이제부터 누나와 내가 환상적인 호흡을 보여줄 차례다.

'자, 누나. 준비됐지?'

하네스를 힘주어 잡는 누나와 나는 거침없이 목적지를 향해 나아간다.

"탁 탁 탁 탁. 스윽~ 스윽. 휙– 휙. 또각또각."

이게 무슨 소리냐고? 누나와 내가 혼연일체가 되어 사람들 사이로 부드럽게 지나쳐 걸어가는 소리다. 일단 내 머리를 사람들 사이로 쑥 집어넣어 공간을 확보하고 잠시 사람들이 멈추는 사이, 빈 곳을 재빠르게 탐색해 누나와 함께 가뿐히 통과하면 된다. 날렵한 움직임으로 마지막 한 명까지 추월한 누나와 나는 드디어 에스컬레이터에 여유 있게 오른다.

누나가 잘했다며 내 엉덩이를 팡팡 두드리면, 나는 기분이 좋아서 저절로 꼬리를 흔들게 된다. 위층에 도착한 누나와 나는 2호선을 타기 위해 다시 걸음을 옮겼다. 환승역이다 보니 워낙 사람이 많

누나와 함께하는 출퇴근길은
늘 마음이 조마조마하고 때로는 털이 곤두설 정도로 긴장되지만,
두 사람이 한마음인 양 서로 호흡을 맞추며
수많은 장애물을 뛰어넘는 건 참 보람되고 신 나는 일이기도 하다.

아 최대한 조심스럽게 한 걸음, 두 걸음 나아가 또 다른 에스컬레이터에 도전한다. 물론 이번에도 성공. 곧이어 도착한 2호선 승강장에는 역시나 사람들이 많지만, 요리조리 잘 피해 우리가 늘 타는 문앞에 도착한다. 누나의 칭찬을 기다리며 꼬리칠 준비를 하고 있는데, 나쁜 누나, 칭찬도 안 해주고 열심히 통화만 하고 있다.

'이렇게 이른 아침부터 전화한 걸 보면 분명 매너 없는 그 사람일 거야.'

나만 보면 말로는 귀엽다고 하면서, 만날 꼬집고 깨물고 한다. 내가 진짜 말만 할 수 있었어도, 아니 현역 안내견만 아니었어도 그냥 콱 물어버리는 건데.

마음은 굴뚝같지만 그럴 수 없는 가장 큰 이유는 내년이면 그 사람과 같이 살아야 하기 때문이다.

어느새 열차가 들어왔나 보다. 조심스럽게 누나와 안으로 들어가서 이번에도 교통약자석 쪽으로 누나를 인도한다.

'우와, 오늘은 정말 운이 좋은 날인가 보네? 여기도 빈자리가 있네~.'

누나에게 빈 의자를 알려주려고 천천히 다가가는데, 옆에 앉아 계시던 아저씨가 나보다 먼저 누나에게 자리를 안내해주신다.

'감사해요, 아저씨~.'

답례로 윙크도 해드리고 서비스로 꼬리도 한 번 살랑 흔들어드렸다.

그렇게 마음씨 좋은 아저씨의 도움으로 누나의 발밑에 편하게 자리를 잡고 에어컨 바람을 맞으며 다시 잠을 청했다. 얼마 잔 것 같지도 않은데, 벌써 내릴 때가 됐나 보다. 누나가 부드러운 손길로 내 머리를 쓰다듬으며 나를 깨우는걸 보니.

'으라차차, 그럼 일어나볼까?'

목적지에 도착해 사람들을 힘겹게 뚫고 지하철에서 내려선 누나와 나는 조심스럽게 봉천역 계단을 올라가 개찰구를 빠져나간다. 다행히 이곳의 개찰구는 안심해도 된다. 내 머리를 노리는 녀석이 없으니까.

지하철역을 빠져나와 앞으로 걸어가다 잠시 Stop! 왜 그렇게 자주 볼일을 보는지 묻지 말아주길 바란다. 타고난 본능을 나도 어쩔 수 없으니까.

작은 골목길로 접어들어 사람들과 차를 피해 천천히 걸어가다 보면, 누나와 나의 마지막 미션인 횡단보도가 나온다. 누나가 어느새 신호등에 부착된 음향신호기를 눌렀는지 이상한 목소리가 들린다. 사실 저런 거 안 눌러도 내가 다 알아서 할 수 있지만 누나가 그걸 누르는 걸 무지무지 좋아하는 것 같아서 대부분 얌전하게 기다린다.

　무사히 횡단보도를 건너 짧은 언덕길을 올라 사무실 건물 앞에 드디어 도착했다. 집에서부터 사무실이 있는 건물까지 오늘도 누나와 함께한 여정은 무사히 끝났다.


　엘리베이터에서 내려 사무실에 들어서니 오늘도 누나와 내가 1등인가 보다. 지문인식기에 누나가 손을 넣자 굳게 닫혀 있던 문이 열린다. 드디어 누나의 책상이 보이고 누나는 허리를 숙여 내 허리에 둘렀던 하네스와 옷, 견줄을 풀어준다.

　어느결에 누나는 정수기 앞으로 가 내 밥그릇에 물을 담아준다. 지금 저 밥그릇에 담긴 것이 사료가 아니라 물이라는 사실이 실망스럽지만, 보행 후 야성적으로 들이키는 물맛도 괜찮기에 시원하게 들이킨다.

　이젠 한동안 휴식시간이다. 사무실 복도 한가운데 편안하게 자리를 잡고 시원한 바닥에 배를 댄 채 엎드려서는 눈을 감는다.

　어느새 엘리베이터 문 열리는 소리와 발자국 소리, 두런두런 사람들의 목소리가 점점 가까워오고 형들, 누나들이 들어온다. 나는 잽싸게 뛰어가 형들을 지나쳐 누나들에게로 돌진한다. 누나들만 좋아하는 나를 형들이 황당해할 때도 있지만 나의 애교에 다들 넘어가고야 만다. 환영식이 끝나면 조용히 누나의 책상 밑에 들어가 푹신한 깔개 위에 몸을 뉘이고 세상에서 제일 소중한 우리 누나를 지킨다.

잠결에 누나가 "지미야, 일어나야지?" 하는 소리가 들려 벌떡 일어나면 어느새 점심시간이다. 누나가 다시 옷과 견줄, 하네스를 입혀주고 우리 둘은 건물 밖으로 나선다. 가까이에 있는 아파트 화단에 올라가 다시 한 번 시원하게 볼일을 보고 누나의 맛있는 점심식사를 위해 복지관 건물로 출발한다.

횡단보도를 건너 골목을 빠져나와 도착한 복지관 지하 식당. 오늘도 어김없이 예쁜 누나들이 활짝 웃으며 나를 반긴다. 살랑 살랑 꼬리로 마주 인사해주고 누나와 함께 자리를 찾아 앉는다. 낑 낑~. 나의 크고 멋진 몸이 전부 들어가기에 테이블 공간은 너무 좁지만 난 매너견이니까 다른 누나들을 위해 열심히 몸을 접어 넣는다.


하루 일과를 마치고 퇴근 시간, 오늘도 역시 지하철 안에는 사람들이 많다. 누나가 앉을 만한 곳이 없나 열심히 두리번거리고 있는데, 누나가 문 앞에서 벗어나 사람들이 앉아 있는 좌석 쪽으로 나를 이끈다. 그리고는 내가 앉기를 기다려 발로 꼬리를 보호하고 지하철이 출발하길 기다리는데, 앞쪽에서 어떤 아줌마의 신경질적인 목소리가 들려왔다.

"이봐요, 그 개 저리 치워요!"

설마 우리에게 한 말인가 싶어서 신경쓰지 않고 있는데, 조금 더 큰 소리로 그 아줌마가 "안 들려요? 개 저리 치우라고요!" 하는 게 아닌가?

누나는 "이번 역에서 사람들 내리면 문 쪽으로 갈 거예요" 하고 차갑게 대꾸했다. 그랬더니 그 아줌마가 "왜 개를 데리고 다녀요? 원래 개들은 케이지에 넣어가지고 다녀야 되는 것도 모르나?" 하고 중얼거렸다.

순간 누나와 나는 동시에 말문이 막혔다. 과연 나처럼 큰 개가 들어갈 만한 케이지가 있을까? 만약 그런 게 있다손 치더라도 누나가 그걸 들 만큼 힘이 셌으면 아마 장미란 선수처럼 역도대회라도 나가서 금메달 땄을 거다.

아줌마의 말에 황당했던 건 우리만이 아니었나 보다. 옆에 앉아 있던 아저씨가 "보면 몰라요! 시각장애인 안내견이잖아요" 하며 우리 편을 들어주었다. 그러자 그 아줌마는 더 큰 목소리로 화를 내며 이렇게 말하는 게 아닌가!

"아, 그걸 내가 어떻게 알아요? 지금 봤는데!"

결국 우리를 비롯해 주위 사람들 모두는 어이없어하며 그냥 아줌마를 무시해버렸다.

아줌마 옆에 있다가는 또 무슨 억지를 쓸지 몰라 누나와 나도 다른 쪽으로 자리를 옮겼다. 그렇게 환승역에 도착할 때까지 나는 케이지에 들어가 있는 나와, 그런 케이지를 번쩍 들고 다니는 누나의 모습을 상상하며 삐죽 배어나오는 웃음을 꾹 참고 있었다.

누나와 함께하는 출퇴근길은 늘 마음이 조마조마하고 때로는 털이 곤두설 정도로 긴장되지만, 두 사람이 한마음인 양 서로 호흡을 맞추며 수많은 장애물을 뛰어넘는 건 참 보람되고 신 나는 일이기도 하다. 다만 아까 그 아줌마처럼 누나와 나에게 상처를 주는 일만은 사라졌으면 한다.

# 자존감과 자부심을 되찾아준 안내견, 위대, 향기, 루크

춘천시 효자동 · 길인배

나는 1946년에 태어나 6.25사변을 겪었다. 다섯 살의 어린 나이에 영양실조로 피난길에서 시력을 상실하고, 안내견을 만나게 된 건 지난 1996년 박사학위를 취득했을 때였다. 그러니까 약 20여 년간 안내견과 함께해온 셈이다. 어쩌면 안내견학교의 역사와 거의 그 맥을 같이한 산증인일지도 모르겠다. 그동안 나와 같이 동고동락한 안내견은 총 세 명(나의 안내견은 사람 못지않으므로 '명'으로 헤아린다)으로, 위대, 향기 그리고 지금의 나의 친구인 루크이다. 돌아보면, 그들이 나와 함께했던 시간은 알토란처럼 소중하고 아름다우면서, 한편으론 내 생애에 가장 가슴 아픈 시간들이기도 했다.

내가 안내견에 관해 처음 들은 건 1960년대 말 대학생이었을 때다. 당시 헌법을 가르쳐주신 교수님께서 미국에서 유학할 때 그곳에서 만났던 스승이 시각장애인이었다고 한다. 그 교수님은 강의시간이 되면 안내견의 안내를 받아 강단에 오르고, 강의가 끝나면 안내견의 도움을 받아 연구실로 이동했다고 한다. 그 이야기가 당시 내게는 실현 불가능한 꿈과 같았다.

그러나 이루어질 수 없을 것 같은 꿈은 40여 년이 지난 지금 현실이 되었다.

1996년, 겸임교수로 임명돼 대학 강단에 서게 되었는데, 누군가의 손을 잡고 강의실을 들어오고 나가는 것도 부담스럽고, 마음이 불편하기만 했다. 다행스럽게도 그 무렵 안내견학교에서 안내견을 분양해준다는 소식을 전해왔다.

기대에 들뜬 마음으로 처음 만난 안내견이 바로 '위대'였다. 그때부터 위대와 나의 동거생활이 시작됐다. 예전엔 누군가의 도움을 받아야만 갈 수 있었던 곳을 이제는 위대와 자유자재로 갈 수 있었다.

또한 대학 강단에 설 때에도 위대가 이끌어주어서 그동안 잘 몰랐던 자존감과 자부심이 생기는 걸 느낄 수 있었다. 더불어 더 좋은 강의를 할 수 있게 됐다. 그리고 인간이기에 때로는 고독하고,

고통스럽고, 마음이 울적할 때에도 위대와 함께 산책을 하면서 마음의 앙금을 덜어낼 수도 있었다. 쓸쓸하게 공원의 벤치에 앉아 있을 때도 위대는 나의 말동무가 되어주고, 나를 위로해주었다. 이렇게 안내견 위대는 나의 눈이기 전에 나의 친구요, 애인이자 가족이었다.

그러던 어느 날, 맨 처음 나와 인연을 맺은 위대가 갑작스레 장염으로 세상을 떠나게 됐다. 그가 세상을 떠나기 전 나는 또 한 번 위대의 위대함을 느낄 수 있었다. 위대가 입원해 있던 병원이 집 근처에 있어서, 나는 실로 오랜만에 홀로 지팡이를 짚고 위대를 만나러 갔다. 그런데 가는 길마다 장애물은 왜 그리도 많은지……. 또 그 길은 왜 그렇게 멀게만 느껴지는지……. 걸음걸음마다 그간 위대의 헌신이 눈물겹게 고마웠다. 그렇게 힘들게 병원에 도착했을 때 위대는 내가 오기를 기다렸다는 듯이 나를 쳐다보고는 저세상으로 가버렸다. 공허하고, 슬프고, 참 가슴 아픈 일이었다.

안내견학교에 연락해 위대를 화장하고, 그의 유골 일부는 안내견학교에 그리고 일부는 내가 가져와 그의 유골을 가슴에 품고 장례 예배를 드렸다. 또 그를 안고 그와 걸었던 모든 길을 한 바퀴

돌고, 그를 소양강으로 보내주었다. 위대의 헌신과 희생 그리고 노고에 진심으로 감사한 마음이 들었고, 그의 영혼을 위해 간절히 기도했다.

  그렇게 위대가 떠나고, 나에게 찾아온 두 번째 아이가 향기이다. 위대가 장부 스타일이라 당당하고, 뚝심이 있고 성실하다면, 향기는 그보다는 내성적이고, 여성스럽고 섬세한 아이였다.

  위대와는 주로 대학 강의실과 초청 강연 등 각종 공식 행사에 동행하면서 도움을 받았다면, 향기는 거의 매일 2시간가량 산책하고, 더러는 정신적으로 고통스러워 밤늦게까지 잠 못 이루고 공원을 배회할 때 늘 함께해주었다. 덕분에 고통스러운 공황 상태를 극복할 수 있었던 것 같다.

  지금 함께 사는 아이는 루크이다. 작년에 루크를 만나게 됐고, 처음에는 어려서 그런지 천방지축이었는데, 나이 한 살을 더 먹더니 이제는 제법 눈치까지 봐가면서 적당히 재롱도 부릴 줄 아는 새침데기가 됐다. 어쩌면 이렇게 아이들마다 성격이 다 다르고, 하는 짓도 다 다른지……. 그래서 더 새롭고, 귀여운 것 같다.

내가 처음 안내견을 기증받았을 때 그 기분은 눈을 다시 찾은 마음 그것이었다. 안내견이 옆에 없을 때에는 단 몇 걸음도 혼자는 집 밖으로 나갈 수 없었는데, 이제는 어디를 가든지 아무런 두려움도 없이 갈 수 있게 되었다. 나에게 그것은 정말 큰 행복이었다. 안내견으로 인하여 보지 못했던 세상을 볼 수 있고, 가지 못했던 길을 걸을 수 있고, 할 수 없었던 일을 할 수 있게 되었으니 이 얼마나 감사한 일인가.

지금까지 세 명의 안내견을 만나 슬프고도 아름다운 추억들을 간직하게 되었다. 앞으로도 나는 그들과 계속 끝나지 않은 이야기와 추억들을 만들어갈 것이다.


끝으로 안내견학교의 창립 20주년을 진심으로 축하하며, 온 국민이 아끼고 사랑하는 안내견학교로 거듭나고 발전하길 바란다. 눈을 잃고 절망하는 모든 사람들에게 더 큰 사랑으로 다가가서 소망으로 세상을 밝히는 'Maker'로서의 역할을 다하는 안내견학교가 되기를 간절히 소망한다.

# 안내견 다정이와 떠났던
# 파란만장 여행기

용인시 상현동 · 박종화

지난 8월 여름, 휴가 시즌이 끝날 무렵이 돼서야 남편과 나 그리고 우리 딸 다정이, 이렇게 세 식구는 제주도로 여행을 떠났다. 다정이는 안내견이기 전에 딸이었기에 휴가도 함께 떠났던 것이다.

그런데 휴가 첫날, 첫 번째 문제가 김포공항에서부터 발생했다.

"다른 승객들의 안전을 위해 마스크를 해주시겠어요?"

나와 남편은 항공사 직원의 말에 어이가 없었지만, 나는 또박또박 조리 있게 대응했다.

"대한민국의 다른 항공사들은 아무 말 없이 탑승할 수 있는데, 이곳에서만 왜 마스크 착용을 강요하십니까? 그리고 이미 보조견의 대중교통 탑승 규정에 대해 충분히 논의가 된 것으로 아는데, 그럼 이곳만 예외라는 말인가요?"

이렇게 따지자 공항 직원이 이리저리 전화를 하더니 그제야 우리를 통과시켜주었다.

하지만 일은 여기서 끝이 아니었다. 이번에는 지나친 배려가 우리의 마음을 불편하게 만들었다.

비행기에 오르기 위해 줄을 섰을 때, 그 직원이 다른 손님보다 먼저 탑승할 수 있도록 해주겠다고 나서더니, 곧바로 오히려 불편할 수도 있으니 가장 나중에 타는 편이 낫겠다고 번복하는 것이 아닌가.

어찌 됐든 남들보다 특별한 배려는 오히려 불편해서 그냥 순서대로 타겠다고 하고 우여곡절 끝에 비행기에 올랐다. 출발부터 힘들었으나 휴가는 휴가다. 다음에 다른 시각장애인이 안내견과 함께 탑승하려고 할 때 우리의 사례로 인해 우리만큼 고생하지 않으리라는 생각으로 마음을 달랬다.


제주도에 내리니 찜통같이 더운 날씨가 장난이 아니었다.

택시를 기다리는 동안 다정이는 지면의 열기로 발바닥이 뜨거운지 땅에서 발을 동동 굴렀다. 그래도 낯선 제주도 땅의 촉감과 기운을 느끼듯 코를 벌렁거리며 꼬리를 세차게 흔들어댔다.

드디어 서귀포에 위치한 숙소에 도착했다. 우리 숙소는 3층으로 테라스가 딸린, 바다가 훤히 내려다보이는 방이었다. 물론 파도 소리를 감상할 수 있다는 것이 더욱 매력적이었다. 숙소 주변에는 이파리가 넓은 야자수들이 숲을 이루고 있어서인지 매미 소리가 엄청 시끄러웠지만, 그래도 모든 게 좋았다. 잠시 편한 마음으로 몸의 피로를 숙소에서 풀었다.

그런데 갑자기 곁에 계시던 데레사 아주머니의 다급한 외침이 평온했던 마음을 흔들어 깨웠다. 다정이의 머리에서 붉은 핏빛이 돈다는 것이었다. 얼른 일어나 만져보니 손끝에 찐득한 것이 느껴졌다. 분명 피가 틀림없었다!

여기까지 오는 과정을 돌이켜 아무리 생각해봐도 차량이나 비행기나 어느 곳에서도 이동할 때 다정이한테서 어떤 불편한 기색도 못 느꼈기에 너무나 당황스러웠다. 낯선 곳에서 다정이가 아프고 보니 마음이 급했다. 114의 안내로 서귀포시에서 가장 가까운 동물병원을 찾았다. 가는 내내 걱정이 태산 같았다. 상처가 깊고 얕고를 떠나 아픔을 잘 내색하지 않는 녀석이 야속했다.

다행히 연고를 바르지 않아도 될 정도로 가벼운 상처라는 의사 선생님의 말을 듣고서야 안심할 수 있었다. 친절한 선생님은 귀

청소까지 해주시고도 진료비를 받지 않았다. 아마도 외지에서 놀러왔다가 당황한 우리의 처지를 마음으로 이해하신 듯하다. 너무 죄송한 마음에 다정이 껌을 한 봉지 샀다.

진료 후 우리는 곧장 컨벤션센터 뷔페식당으로 갔다. 이미 식사가 한참이었고 축하공연이 무르익고 있었다. 조금 늦긴 했지만 우리 딸 다정이가 무사하니 마음도 편했다.

이튿날, 삼방산을 돌아본 후 협재 해수욕장으로 향했다.

다정이도 휴가를 왔으니 한번 크게 놀아줄 요량으로 바닷물로 이끌었다. 그러나 다정이는 밀려오는 파도가 싫었는지 물 밖으로 도망을 쳤다.

오후에는 소라와 돌미역을 먹으며 휴가를 마음껏 즐겼다. 간간

이 불어오는 바람이 끈끈하면서도 시원스레 여겨졌다.

사흘째가 되는 날, 우리 일행은 아프리카 박물관으로 향했다. 이곳 2층 입구에는 대여섯 개의 강아지 인형들이 진열되어 있었다. 그런데 그중 한 개의 강아지에 다정이가 꽂혀버렸다. 뽀뽀를 해대고 그것도 모자라 핥아주기에 여념이 없었다. 아마도 친구로 착각을 한 모양이다. 매우 당황스러웠지만 한편으로는 가식 없이 사물을 대하는 철부지의 모습이 마냥 귀여웠다. 하지만 박물관을 다 돌아보고 다시 인형 앞에 섰을 때는 다정이가 실제 강아지가 아님을 눈치챘는지 전혀 반응이 없었다. 역시 머리가 좋긴 좋은 아이다.

다음 행선지인 주상절리로 가는 도중에 뜻밖의 만남이 우리를 기다리고 있었다. 안내견학교의 자원봉사자분을 만난 것이다. 단지 안내견을 보살피고, 또 안내견을 데리고 있다는 이유 하나만으로도 우리들의 낯선 만남은 즐거움과 행복을 선물해주었다.

이렇듯 우리 다정이는 소중한 만남을 이어주었고, 그 속에서 큰 기쁨을 선사한다.

주상절리 절벽 아래의 파도는 아이스크림과도 같다고 했는데, 안타깝게도 내가 만져보고 느낄 수가 없어서 별다른 감흥을 느낄 수가 없었다.

마지막 날에는 아침 일찍 숙소 우측 방향으로 산책을 나섰다. 돌담을 쌓아놓은 밀감 밭에서 나무에 달린 탱글탱글한 귤을 만져보기도 하고, 또 집채만 한 바위틈에 핀 이름 모를 꽃 구경도 하였다.

한가롭게 산책 삼매경에 빠져 있는데, 갑작스런 소나기를 만나고 말았다. 거센 바람이 몰아치고 파도가 굉음을 내면서 울어 젖혔다. 부랴부랴 길가에 창고인 듯한 건물 추녀 밑에 서서 비를 피했다.

역시 가장 걱정스러운 건 다정이었다. 얼른 다정이가 비를 덜 맞도록 벽 쪽으로 밀착시킨 후에 나의 등으로 비바람을 막았다. 비바람이 철문을 때리면서 덜컹거리자 다정이가 그 소리에 놀라서인지 갑자기 빗속으로 머리를 쑥 내밀었다.

얼른 다시 몸으로 다정이를 막았다. 시간이 지나도 금세 그칠 비가 아닌 것 같아 별수 없이 비를 맞으며 숙소로 돌아왔다. 빗속에도 다정이는 연실 몸을 털어대고 우리는 완전 비 맞은 생쥐 꼴이 되었다. 비록 몸은 젖었지만 마냥 기뻤다. 함께 비를 맞으면서도 웃을 수 있는 다정이라는 큰 희망이 있었기 때문이다.

비가 그치고 우리는 마라톤 대회에 참석한 아빠를 기다리기 위해 월드컵 경기장으로 향했다. 하필 또 소나기가 내렸다. 참 변덕

스러운 제주도 날씨다. 얼른 본부석 텐트 안으로 비를 피했다. 다행히 비는 곧 그쳤다. 하지만 남들이 어떻게 생각하든 물에 흠뻑 젖은 다정이를 바닥에 앉힐 수가 없어 의자 2개를 마주 대고 그 위에 앉혔다. 엄마의 마음 그대로 말이다.

마침내 기다리고 기다리던 아빠를 보자마자 다정이는 뽀뽀 세례를 퍼부었다. 다정이가 이번에는 아빠 딸 노릇을 제대로 했다.

우리 가족은 무사히 모든 휴가 일정을 마치고 일상으로 다시 돌아왔다. 여정을 돌아보면 여러 일들이 있었지만, 모두 즐거움으로 기억 속에 남아 있다. 가장 소중히 여기는 우리 가족과의 휴가였기 때문이다.

# 내 사랑, 루시

서울시 옥인동 · 윤서향

## 우리의 첫 만남

루시, 기억하니? 우리의 첫 만남을. 나는 그것이 마치 어제의 일인 양 세세한 부분까지 모두 기억하고 있단다. 네가 보여준 몸짓 하나하나, 행동 하나하나까지.

너는 우리의 첫 만남이 안내견학교에서였다고 기억하겠지만, 사실은 이전에 우리 집 앞 골목에서 처음 만났단다. 그날은 내가 안내견 파트너가 되기 위한 테스트를 받는 날이었어. 독립 보행이 가능한지에 대한 테스트를 마치고 안내견과 첫 보행에 나섰지. 그때 아무엇도 모르는 나를 이끌고 첫 걸음을 떼어준 존재가 바로 너였어.

한편으로는 긴장도 많이 했고, 또 한편으로는 설레던 너와의 만남, 그 서곡은 이렇게 끝이 났어. 그땐 전하지 못한 말을 이제야 전해. 루시야, 그날 고마웠어.

그리고 얼마 후 내가 파트너로 선정되어, 너의 보금자리인 안내견학교에서 교육받을 수 있다는 통보를 받았어. 정말 행복했지. 내 20년 인생에서 무엇이든 내가 원하는 대로 이루어지는 것은 거의 처음이었거든. 너를 만나는 그날을 하루하루 기다리며 정말 소중한 시간들을 보냈어. 내가 그렇게 감사와 행복으로 충만한 날들을 보내는 동안 너는 최종 테스트를 받고 있었겠지. 우리는 그렇게 10일 정도 각자의 시간을 가졌어. 너 역시 나와의 만남을 손꼽아 기다리고 있었을까?

# 다시 만난 우리,
## 그리고 다이내믹했던 일주일

루시!

2010년 2월 21일 오후 5시 30분경, 안내견학교 객실 106호.

우리의 진정한 만남이 이루어졌던 시간과 장소를 기억하니?

그때 나는 대학에 합격해 입학식과 신입생 오리엔테이션을 마친 다음에서야 너를 만날 수 있었어.

널 만나기 한 시간 전 보행에 필요한 기본 장비를 다루는 방법부터 배웠어. 사실 쉽지는 않더라. 특히 견줄 다루는 게 어려워서 너와 보행 훈련을 할 때 이틀 정도 고생했었지.

루시, 네가 내 방에 처음 들어왔을 때 너는 흥분해서 여기저기 두리번거리고 어쩔 줄 몰랐지. 네가 머물게 될 장소를 꽤 마음에 들어 하는 것 같았어. 네가 한바탕 탐색전을 마치자, 옆에서 우리를 지켜보고 계시던 선생님께서 우리 둘만의 시간을 가지라며 밖으로 나가셨어. 그런데 갑자기 너는 기운 없이 풀 죽은 모습으로 방바닥에 엎드려 소리 내어 울었지. 그렇게 얼마가 흘렀을까. 저녁시간이 돼 너에게 밥을 준 다음 곧바로 밖으로 데리고 나가 DT를 시켰지. 그리고 방으로 돌아오니 너는 더 이상 나를 어색해하지 않았고, 네 파트너로 인정하는 듯한 모습을 보여주었지.

한 끼 식사와 한 번의 DT, 그것만으로 나를 서슴없이 받아주고 친근하게 대해주어서 고마워.

우리가 만난 다음 날부터 보행 훈련에 들어갔지. 사실 대학교 일정 때문에 약속했던 날짜보다 3일이나 늦게 만났기 때문에 진도를 빨리 나갈 수밖에 없었어.

우린 처음부터 직선 주로를 따라 걷는 훈련과 길을 가다 한 방향으로 자연스럽게 트는 훈련을 받았지. 너와 호흡이 잘 맞지 않아, 직선 주로를 갈 때에 네 속도가 너무 빠르다고 느꼈어. 내가 일방적으로 끌려가는 것 같은 느낌이었다고나 할까. 하지만 그날 우리 칭찬도 많이 받았어. 방향을 자연스럽게 잘 틀었다는 칭찬이 두고두고 마음에 남아 있구나.

그 다음 날부터 우린 정말 열심히 했고 다이내믹한 일주일을 보냈지. 우린 함께 지하철도 타보고 백화점에도 가보고 버스도 타봤어. 그리고 우리 단둘이서 패스트푸드점에 찾아가보기도 했지. 그리고 지하철 훈련을 하기에 앞서 훈련사 선생님의 짧은 특강을 받았지. 지하철 탈 때의 유의사항을 알려주셨는데, 강의가 시작되고 2분이나 흘렀을까……. 누군가 코를 고는 거야!

알고 보니 그 주인공은 너였어. 살짝 민망하기도 하고 재미있기도 해서 너를 만져주며 웃던 기억이 나네. 그때 너와 내가 참 비슷한 점이 많다는 걸 느꼈어. 나 역시 낯선 장소에 가서도 잘 자거든. 일주일 동안 함께 훈련을 받으면서 어찌나 피곤하고 긴장했는지 방에 돌아와 너를 제대로 챙겨주지 못해서 미안해……. 그리고 고마워.

너와 내가 지금처럼
완벽하고 멋지게 보행하기까지
보이지 않는 도움이 있었다는 걸 생각하면,
세상엔 감사할 분들이 참 많은 것 같아.

# "다시 생각해봐."
## 잊지 못할 한마디

사랑하는 루시. 첫 학기를 시작한 우리에게 주어졌던 시간표 기억하니? 9시 수업이 한 주에 세 차례나 있었던 그 지옥 같은 시간표. 하지만 덕분에 우리는 빠른 시간에 능숙하게 보행을 할 수 있었어.

우리가 처음으로 아침 7시 20분에 집을 나서서 빈틈없이 사람들로 가득 찬 지하철에 올랐을 때가 떠오르는구나. 누구 한 사람만 삐끗해서 넘어지면 마치 도미노처럼 모든 사람이 넘어질 수 있는 위험한 계단을 올랐지. 환승은 또 어떻고? 승강구에 섰을 때, 그때 마침 도착한 4호선에는 헤아릴 수 없이 많은 사람들이 쏟아져나왔지.

그리고 기억나니? 우리가 환승을 위해 기다릴 때면 어김없이 와서 우리를 도와주시던 자상한 직원분. 그 자상한 아저씨는 우리가 긴장했던 첫날부터 바삐 내리는 사람들에게 우리가 있다는 걸 알려주었고, 사람들과 우리가 서로 엉키지 않도록 세심하게 살펴주었잖아. 너와 내가 지금처럼 완벽하고 멋지게 보행하기까지 그런 분들의 보이지 않는 도움이 있었다는 걸 생각하면, 세상엔 감사할 분들이 참 많은 것 같아.

그렇게 우리가 힘들게 환승을 마치고, 숙대입구역에 하차해서 개찰구를 찾아가고, 또 학교까지 가기 위해 여러 곳의 건널목과 지하차도를 찾고 건너면서 헤매던 그 첫날은 가장 잊을 수 없는 날이구나. 둘 다 처음이라 서툴고 힘들었던 건데, 너에게 무턱대고 길을 찾지 못한다며 야단쳤던 그때 일을 생각하면 너무 미안하단다.

사실 난 네가 그 고된 훈련을 잘 견뎌준 것만으로도 너에게 정말 감사해. 나는 몸살과 근육통으로 신음했지만, 네가 꿋꿋하게 버티는 모습을 보고 '나도 루시처럼 열심히 해야지!' 하며 각오를 새롭게 다질 수 있었어.

하지만 그때 난 많이 약했었나 봐. 교육이 끝나기 직전 훈련사 선생님에게 충격적인 말을 들었거든.

"안내견 받는 것 다시 생각해봐. 교육은 다 끝나가는데, 계속 그런 식으로 하면 어떻게 해?"

그때 선생님은 네게 제대로 명령을 하지 못하는 내가 굉장히 걱정되셨던 모양이야. 보행할 때 정확한 순간에 정확한 명령을 해야 하는데, 그때는 왜 그렇게 그게 안 되던지. 그냥 내가 혼자 하겠다는 생각이 강했던 것 같아. 쓸데없는 고집만 있는, 아직 네 파트너로서 자격이 없는 미숙한 상태였던 거지.

하지만 선생님에게 그 말을 들은 순간, 머릿속에 불 하나가 켜진 느낌이었어. 처음엔 충격적이었지만 이래서는 안 되겠다는 생각이 들더라고. 역시 말의 힘은 대단해, 그렇지? 그 말을 듣고 난 달라지기로 결심했고, 무사히 교육도 마칠 수 있었어.

그리고 우리는 현지교육이 끝나자마자 둘만의 힘으로 학교를 찾아가는 놀라운 드라마를 연출했지. 루시 너에게도 그날은 감격스러운 날로 각인되어 있을 것 같아.

## 그 후

피눈물이 흐르도록 힘들었던 우리, 우여곡절 끝에 무사히 첫 학기를 마친 우리는 마치 요양을 떠난 것처럼 방학을 보냈지. 너도 생각나지? 내가 낮에도 자고, 밤에도 자고, 또 잤던 걸……. 너 역시 피곤했는지 연신 잠만 잤잖아. 돌아보면 우리 정말 수고 많았어. 그래도 줄기차게 학교와 집을 왕복하며 연습에 연습을 더한 끝에 조금씩 익숙해질 수 있었지. 그것이 첫 학기를 끝내고 얻은 최고의 수확이었어.

우리가 함께하는 시간이 늘어나고 시간이 지나갈수록 우리의 보행은 더 완벽해졌지. 벌써 우린 7학기를 마쳤어. 이제는 보행 도중에 잠시나마 다른 생각을 할 수 있을 만큼 보행에 익숙해졌어. 갑작스레 차가 다가오면 여전히 두렵고, 겨울인데도 온몸이 땀에 젖어 집에 돌아올 때도 있지만 예전처럼 보행이 무섭지는 않아.

네가 옆에 있으니까. 너를 믿으니까.

신뢰가 없다면 사랑도 없고, 사랑이 없다면 이렇게 오랜 시간 너와 함께할 수 없었을 거야. 항상 고맙고 미안한 나의 사랑, 루시. 이제 난 또 다른 목표를 향해 달리고 있어.

내가 고등학생에서 대학생으로 한 차례 크게 변화하는 그 전환기에 네가 함께했듯 대학생에서 사회인으로 더 크게 변모할 때에도 함께해줄 거지? 내가 더 열심히 노력해서 훌륭하게 직장을 잡는 모습을 너에게 꼭 보여주고 싶다. 이 바람도 곧 이루어지겠지? 그만큼 간절하기 때문에, 그 생각으로 7학기를 버텨왔기 때문에.

나는 믿어. 너와 내가 함께 있는 한, 내가 꿈을 잃지 않는 한 그 바람은 이루어질 것이라는 사실을. 우리 졸업할 때까지 힘내자! 루시야.

I am so proud of you, and I love you. I always wish your happiness and health!

# 안내견과의 만남을 꿈꾸는
# 예비 파트너들에게

안내견과 함께할 시간을 그리며 행복해하고 있을 예비 파트너 여러분에게 꼭 드리고 싶은 이야기가 있어요.

먼저 안내견과 보행하고 함께 생활하는 건 그렇게 낭만적인 것만은 아니라는 말씀을 드리고 싶네요. 그러니 신중하게 결정하길 바랍니다.

방송에서 보여주는 안내견 드라마와 관련 프로그램에서는 파트너와 안내견의 성공적인 모습, 완벽한 보행만 등장하지요. 때문에 '나도 저렇게 멋지게 보행하고 싶다'라는 막연한 생각을 하기 쉬워요.

하지만 그 멋지고 완벽한 보행은 각고의 노력 끝에 완성된 작품입니다. 그 작품을 완성하는 것은 여러분이 흘리는 땀방울과 눈물이에요. 멋진 보행을 너무 쉽게 생각하지 않았으면 해요. 또 안내견도 여러분과 전혀 다르지 않다는 것도 기억해주세요. 낯선 길은 익혀야 하고 그러기 위해서는 시간이 필요해요. 안내견은 내비게이션이 아니니까요. 여러분과 안내견이 찾아다녀야 할 목적지는 모두에게 낯선 길이고, 함께 그 길을 익혀야 합니다.

둘째는 길을 익힌다는 것이 생각 이상으로 힘들다는 사실이에요. 저도 루시를 만나기 전에는 그것이 이다지도 힘들 줄 미처 예상하지 못했거든요. 수도 없이 헤매고, 어떨 때는 같은 곳을 또 틀리고, 그러다 보면 의기소침해지기 일쑤지요.

그러나 진정한 안내견 파트너가 되고 싶다면 그 어려움을 이겨내야 합니다.

한국 여자 복싱 선수 중 '김주희'라는 선수가 있어요. 이 선수는 숱한 어려움을 겪었음에도 세계에서 가장 많은 챔피언 벨트를 보유하고 있다고 해요. 비단 김주희 선수뿐 아니라 모든 운동선수들, 학생들, 직장인들에게도 각자가 지닌 어려움이 있을 것이고, 그것은 초기 안내견 파트너들도 예외일 수 없겠지요. 그 어려움을 이겨낸 사람만이 생존한다는 것을 기억했으면 좋겠습니다.

셋째로는 초기 파트너들일수록 안내견에게 정확한 타임에 정확한 명령을 해야 한다는 것입니다. 파트너와 안내견 모두가 길을 완전히 숙지한 경우에는 굳이 명령하지 않아도 호흡이 잘 맞고 실수도 없을 겁니다. 그러나 초기 파트너들은 비록 자신의 집 앞 길이더라도 제대로 명령을 해야 합니다. 잘 아는 곳도 정확하게 명령을 해야 안내견이 확신을 갖고 파트너를 이끌 수 있습니다.

넷째로 안내견은 여러분의 인간관계에 도움을 많이 주는 고마운 존재입니다. 저는 안내견 덕분에 친구들의 호감을 얻었고, 그들과 더욱 가깝게 지낼 수 있었습니다.

안내견과 함께하면 좋은 점도 정말 많습니다. 여러분이 힘들 때 옆에서 묵묵히 여러분을 지켜주는 고마운 존재, 기쁠 때에는 함께 기뻐해주는 그런 존재가 안내견이니까요.

저는 한때 과제에 시달리다 루시에게 '내가 이 과제들을 다 해낼 수 있을까?' 하고 말한 적이 있습니다. 루시는 반응을 보이지 않았지만 저는 루시가 제 말을 알아듣고 있다고, 충분히 이해하고 있다고 생각했습니다. 옆에서 충고나 조언 없이 그저 들어주는 누군가가 있다는 것만으로도 충분히 위안이 되더라고요.

아무쪼록 제 조언이 본인의 미래와 안내견의 미래를 위하는 현명하고 올바른 결정을 하는 데 도움이 되면 좋겠습니다.

후회하지 않을 선택을 하시길 바라며. Good luck!

Good luck!

# 안내견 '미래'에 대한 오해와 진실

서울시 누상동 · 강신혜

  '미래'는 참 나무랄 데 없는 안내견이다. 생긴 것도 반듯하게 잘 생겼고, 주인인 나를 영리하게 잘 보필한다. 때때로 애교까지 부려주니 반려동물로는 모든 사람들이 꿈꾸는 조건은 다 갖추었다고 할 수 있을 것이다. 거기다 안내견으로 훈련받아서 때로는 감탄할 정도로 뛰어난 능력을 발휘한다. 그래서 사람들은 때때로 미래가 무슨 로봇인 양 주인의 지시에 무조건 따르고 실수도 안 할 거라고 생각한다. 사실 나조차도 처음엔 미래가 매체에서 접했던 완벽한 개이길 바랐던 적이 있다. 하지만 미래는 개이기 때문에 사람과는 분명하게 다르다. 사람보다 더 나은 부분도 있지만,

사람보다 여러 면에서 한계도 있다. 그런데 사람들은 꽤 자주 그걸 잊고는 한다.

예전에 내가 대학에 다니던 시절의 일이다. 미래랑 함께 있다 보면 가끔 언론에서 인터뷰 제의가 들어오곤 했다. 그때도 한 뉴스 프로그램에 출연했다. 당연히 강의를 듣고 있던 내 모습도 나와서 그 수업을 담당했던 교수님은 녹화된 우리의 영상을 보자며 동영상을 보여주었다.

모두들 흥미롭게 지켜보고 있는데, 갑자기 환성이 터졌다. 어떤 장면 때문일까 궁금해하고 있는데, 누군가 "와, 미래가 저렇게 돌아다니는 거 처음 봐!"라고 외치는 게 아닌가? 나중에 친구에게 물어보니, 당시 화면에 미래가 우리 집 거실에서 안내견 코트나 하네스, 견줄 없이 그냥 어슬렁거리는 모습이 몇 초 스쳐갔다는 것이다.

당시 나는 꽤나 충격을 받았었다. 미래는 안내견이기 전에 엄연히 욕구와 개성을 지닌 생명체인데 많은 사람들은 안내견이라는 틀 안에서만 미래를 바라봤던 거였다.

돌이켜 생각해보면 사람들이 그렇게 생각하는 게 당연할지도 모른다. 외부에서 미래가 보여주는 모습은 언제나 온순한 표정으로 내 발치에 엎드려서 잠을 자거나, 수업이 끝나면 일어나서 의젓한 얼굴로 나를 인도하는 모습들이 대부분이었으니까 말이다. 미래도 하네스를 차고 외출하면 뭘 알고 그러는 것인지 점잖게 굴었다. 나도 안내견에 대한 좋은 이미지를 해치면 안 된다는 생각에 어쩌다 미래가 실수라도 할라치면 안절부절못하곤 했다.

하지만 아무리 완벽하고 유능한 사람이라도 소위 '인간적'이라고 하는 면이 있듯이 미래에게도 믿고 있는 주인의 품에서만 보여주는 그런 모습들이 있다. 그래서 모든 사람들이 미래를 완벽한 안내견이 아닌 이웃에 사는 기특한 남동생처럼 생각하고 이해해주었으면 좋겠다.

한번은 중학교 1학년 학생들에게 '소개하기 단원'을 가르칠 때 학생들의 흥미를 자극하기 위해 미래의 뇌 구조를 그렸던 적이 있다. 그때 먹을 것에 대한 내용이 80퍼센트를 차지하는 것을 보고는 이이들이 무척 재미있어 했다. 그림을 그리면서 나 역시 웃음을 참지 못했다. 그런 모습을 미래는 '저 인간들이 왜 저러나' 하는 것 같은 멀뚱멀뚱한 표정으로 쳐다봤고 그 모습이 웃겨서 더 크게 웃었던 것 같다. 그만큼 미래는 먹을 것을 좋아한다. 아마 다른 안내견들도 마찬가지일 것이다. 식사 시간만 되면 1분도 안 되어 한 끼를 전부 해치우곤 밥그릇을 싹싹 핥으며 온몸으로 미련을 표

출한다. 심지어는 길가에 나 있는 풀까지 뜯어먹어서 여간 신경이 쓰이는 게 아니다. 누가 보면 착하고 헌신적인 안내견을 굶기는 악덕 주인으로 오해받기 십상이다.

언젠가 집에 손님이 찾아오셨을 때의 일이다. 엄마가 손님이 사온 카스텔라를 접시에 담아 드시기 편하게 소파 팔걸이 위에 올려놓았다. 하지만 서로 얘기하느라 바빠 빵에는 거의 손을 대지 못하고 그렇게 두 시간가량이 흘렀다. 처음에는 손님에 대해 호기심을 갖고 반기던 미래도 이야기가 길어지자 거실 바닥에 엎드려 잠들고 말았다.

어느덧 손님이 일어나 배웅하기 위해 현관 앞으로 나가는데, 그 순간 그릇과 포크가 부딪히는 소리가 들렸다. 뒤를 돌아보니 깨끗하게 비워진 접시 옆에서 미래가 입맛을 다시며 살랑살랑 꼬리를 흔들고 있는 게 아닌가? 정말 30초도 안 되는 짧은 순간에 벌어진 일이라고는 도저히 믿기지 않았다. 아마 녀석은 손님이 갖고 온 빵 봉투를 본 그 순간부터 이런 기회만을 노렸을 것이다. 기분 좋게 흔들리는 녀석의 꼬리에서는 승리감이 묻어났다.

이뿐만이 아니다. 꽃집에 갔을 땐 진열된 꽃잎을 뜯어먹는 녀석을 말리느라 진땀을 흘리고, 염소도 아닌 녀석이 휴지를 주워 먹으려고 해서 실랑이를 벌이는 등 그야말로 미래의 강력한 식욕 때문에 벌어지는 사건이 한두 가지가 아니다.

　안내견학교에서 말해준 양만큼 양질의 사료도 꼬박꼬박 먹이고, 개껌이나 간식도 주는데 먹는 걸 밝히는 미래를 보고 주위 사람들은 그냥 먹고 싶은 걸 다 주면 안 되느냐고 물어온다. 하지만 그건 나쁜만이 아니라 미래의 안전을 위협하는 위험천만한 일이다. 만약 안내견이 먹을 것의 유혹에 흔들려 보행 중 경계를 소홀히 하다가 사고라도 나면 나는 물론 미래도 무사하지 못하고 사람들에게 피해를 입힐 수도 있다. 미래는 사람이 아니기 때문에 상황에 따라 요구하는 게 달라지게 되면 이해하지 못할 것이다. 사실 우리가 먹는 음식들이 개들의 건강에는 좋지 않은 경우가 많기 때문에 미래 말고도 우리 집에서 키우고 있는 해리라는 반려견도 사료 이외에는 음식을 금하고 있다.

　이런 이유로 하루에 정해진 양의 사료만 먹다 보니 미래는 언제나 먹을 것에 집착한다. 안 된다고 말하면 포기는 하지만 언제나 기회를 노리고 있기 때문에 방심은 금물이다.

　그래도 아무리 맛있는 음식 앞에서도 내가 "안 돼!" 하고 한마디 하면 어떻게든 기특하게 참아낸다. 그것이 안쓰러우면서도 한없이 자랑스럽다. 우리 귀여운 먹보를 위해서 오늘도 나는 개껌과 간식이 떨어지지 않게 주문해야겠다.

처음 미래와 안내견학교에서 훈련을 받을 때, 훈련사 선생님에게 미래는 성격상 어떤 특징이 있는지 여쭤보았었다. 그때 선생님은 미래는 다른 개들에 비해 판단 능력이 뛰어나다고 말씀하셨다. 주인의 말에 복종하는 것이 미덕인 개에게 '웬 판단 능력?' 할지 모르지만 안내견 역시 스스로 판단하는 능력이 필요하다.

나도 미래의 판단 능력 때문에 도움을 많이 받았다. 언젠가 산책을 나갔다가 아무 생각 없이 걷고 있는데, 갑자기 미래가 멈추길래 '설마 반항이라도 하나?' 하고 혼내려고 할 때였다. 순간 거센 바람과 함께 커다란 트럭이 스쳐 지나가서 가슴을 쓸어내렸다. 그 외에도 미래는 항상 다니던 길에 장애물이 있으면 걸음을 늦추며 유연하게 피해가고, 내가 길이 헷갈려 다른 곳으로 가려고 하면 올바른 방향으로 가도록 이끌어준다. 물론 모든 안내견들이 그런 능력을 가지고 있겠지만, 미래는 유독 스스로의 판단을 믿는 것 같다. 쉽게 말해 '한 고집 하신다'는 이야기다.

집에 가는 길에 아무 생각 없이 따라가다 보면 미래에게 이끌려 어느새 마트에 들어가 있었던 적이 자주 있다. 물론 내가 그 마트의 단골이긴 하지만 매일 가는 수준까지는 아니었는데, 미래는 그 앞을 지나갈 때면 예외 없이 소처럼 센 그 힘으로 기어이 나를 끌고 가려고 했다. 막상 들어가면 또 빈손으로 나오기 민망해서 뭐라도 사게 되는 건 당연한 순리. '미래 녀석, 혹시 그 마트 사장님하고 무슨 어둠의 거래라도 있었던 것일까?'

미래는 인간 사회의 여러 편의시설에 대해서도 분명한 주관을 갖고 행동한다. 특히 엘리베이터와 에스컬레이터를 대하는 태도가 극단적이다. 때문에 미래가 좋아하는 엘리베이터를 타기 위해서 건물의 이곳저곳을 돌아다니기도 하고, 에스컬레이터를 극구 싫어해서 수많은 지하철 계단을 오르내려야 할 때도 많다.

그뿐만이 아니다. 미래는 지하철을 탈 때 빈자리가 없을 때도 용케 자리를 얻어내는 재주를 가졌다. 빈자리가 없으면 누군가 앉아 있는 의자 앞으로 나를 끌고 가서 우뚝 선다. 미래가 무엇을 기준으로 사람을 선택하는지는 몰라도 그 자리에 앉아 있던 착한 승객은 대부분 자리를 양보해준다. 물론 나는 괜찮다며 거절하지만 결국 자리에 앉게 되면 미래는 의기양양해서 칭찬해달라고 고개를 들이미는 것이다.

잘 모르는 사람들은 이런 나를 잘 이해하지 못하고 혼을 내서라도 미래의 고집을 꺾어야 한다고 이야기한다. 하지만 나는 굳이 그러고 싶지 않다. 사실 미래가 고집을 부리는 것은 나를 위한 것임을 알기 때문이다. 주인의 지시를 따르지만 시시때때로 자기 판

사실 내가 가르치는 아이들과도 미래 덕분에 더 자주 교감한다.
미래가 물 거라고 농담을 해도
"물어도 좋아요!"라고 말하는 학생이 있을 정도로
미래는 나와 학생들을 이어주는 끈 역할을 톡톡히 해내고 있다.

단에 따라 나를 이끄는 미래는 '안내견은 훈련받은 일만 한다'는 선입견을 보기 좋게 날려버린 똑똑한 녀석이다.

미래는 모든 안내견과 마찬가지로 주인에 대한 집착이 강하다. 늘 내 뒤를 졸졸졸 쫓아다니고 항상 곁에 있으려고 한다. 샤워를 하러 욕실로 들어가면 거의 하루도 빠짐없이 문 앞에서 턱을 괴고 기다리고 있고, 어쩌다 집에 다른 가족과 미래만 있을 때는 소풍 갈 때 엄마 없이 온 유치원생처럼 풀이 죽어서 잠만 잔다고 한다.

하지만 미래가 오직 나한테만 올인하는 건 아니다. 그건 미래를 좋아하는 팬들이 정말 많기 때문이다.

대학 다닐 때는 단골 샌드위치 집 사장님 부부가 내가 갈 때면 샌드위치를 공짜로 주시려고 할 정도로 미래를 좋아했고, 지난해 다니던 학교에서는 교감 선생님이 미래의 열렬한 팬이셨다. 이번 학교에서도 체육 선생님이 미래한테 엄청난 정성을 쏟고 있는데, 남자라면 늘 시큰둥한 미래조차 그분만 오면 반가워서 어쩔 줄 모른다.

미래가 뒷목과 등 쪽을 마사지해주는 것을 좋아한다는 사실을 알게 된 체육 선생님이 열심히 마사지를 해주었기 때문에 시원한 마사지에 빠진 미래가 애교까지 부리며 애정공세를 펼친다.

혹여 내가 다른 개를 예뻐하면 난리가 나는 녀석이면서 자기는 주인이 아닌 다른 사람한테도 꼬리를 치며 좋아하는 모습을 보면 질투가 날 만도 하겠지만 오히려 나는 그 반대다. 미래 덕분에 나의 인간관계가 더 확장됐다고 생각하기 때문이다. 사실 내가 가르치는 아이들과도 미래 덕분에 더 자주 교감한다. 미래를 좋아해서 매일 미래를 보러 찾아오는 아이들도 있다. 아이들에게 말 안 들으면 미래가 물 거라고 농담을 해도 "물어도 좋아요!"라고 말하는 학생이 있을 정도로 미래는 나와 학생들을 이어주는 끈 역할을 톡톡히 해내고 있다.

미래는 나에게 있어 철이 덜 든 남동생과 같은 존재이다. 그래서 잘 모르는 사람들이 안내견이라는 미래의 겉모습만 보고 터무니없는 것들을 기대할 때면 너무나 안타깝다. 안내견도 개성이 있는 하나의 생명체인 만큼 때로는 실수를 하거나 흐트러진 모습을 보일 수도 있다. 한때는 나도 안내견은 어딜 가나 완벽해 보여야 한다는 강박관념에 사로잡혀 있었기 때문에 다른 사람들이 안내견은 무조건 참기만 한다고 오해할 때면 내 탓도 있다고 생각한다.

우리나라의 안내견 역사도 20년이 되어가는 만큼 이제는 안내견들의 결점 없이 충성스러운 모습보다는 개와 인간이 더불어 살아가면서 생길 수 있는 여러 자연스러운 문제에 대해서도 솔직히

드러낼 때가 아닌가 생각한다. 안내견들이 훌륭한 건 뛰어난 능력을 발휘하기 때문만은 아니다. 주인과 깊이 교감하면서 함께 살아가는 반려견이기에 더 소중하다.

미래를 만나면서 변화하게 된 내 인생, 내 장애를 함께 극복해나가는 묵묵한 미래의 모습에 대해서는 언론 매체를 통해 여러 번 이야기할 기회가 있었다. 하지만 조금 모자라 보이면서도 정이 넘치는 미래의 개성에 대해 말할 기회는 별로 없었던 것 같다.

미래가 이 글을 읽는다면 자신의 비리(?)를 전국에 다 밝힌 누나를 원망할지도 모른다. 그래도 미래한테 이것만은 말해두고 싶다.

"미래, 네가 가끔 사고를 치더라도 누나는 우리 미래의 그런 면이 더 좋다!"

# 뒤돌아보는 길

추교인


새침데기 다빈이 처음 만난 날
수줍은 여인처럼 웃방에 앉아
서로를 바라보며 초야를 지냈네

느림보 다빈이 시집오던 날
꽃가루 뿌려주듯 부슬비 내려
온 가족 낯설어 심통이 났네

공주병 다빈이 내 곁에 있어
수많은 사람들 함성 소리에
의연한 자태로 답례를 하네

고이 잠든 다빈이 보러 가는 길
시집오던 그날처럼 부슬비 내려
우리만이 간직한 아련한 추억
유리창에 입혀진 물안개 같아라

2011.08.12  다빈이의 주검을 만나러 가는 길에서

|부록|

안내견학교의 처음을
기억합니다

:

# 20년 전을
# 회상하며

첫 안내견 파트너 · 양현봉

벌써 20년이 흘렀다니 세월 참 빠르네요. 안내견과 오랜 시간을 함께
하지는 못했지만 마음속에는 항상 그 시절이 너무나 생생합니다.

당시에는 안내견에 대한 사회적 인식도 전무해 개가 사람과 함께 사회
생활을 한다는 것 자체가 받아들여지지 않았어요. 그래서 좋은 기억도 많
지만 힘든 것도 많았는데, 시간이 지나고 보니 그 시절이 그립네요.

저는 식품공장에서 일하다가 폭발사고로 인한 각막손상으로 시력을 잃
었습니다. 그때 나이가 33살, 1년의 병원 생활 후 퇴원했지만 앞은 보이
지 않지, 처자식은 있지, 너무나 답답한 상황이었어요. 그러다 마음을 바
꿔 장애를 받아들이기로 하고, 복지관을 찾아 흰 지팡이 보행 교육을 받
고 인천에 있는 맹학교를 다녔는데, 먼 통학 거리가 문제였습니다.

우연한 기회에 삼성에서 근무 중이던 동생을 통해 안내견 사업 소식을
듣게 되었고, 운 좋게도 첫 번째 파트너가 되었답니다. 첫 파트너이다 보
니 꼭 필요한지 까다로운 심사과정을 거쳤는데요. 보행 필요성도 중요했
지만 저의 저돌적 성격도 한몫했습니다. 당시는 식당은 물론 지하철에서

도 막무가내로 쫓겨나기 일쑤였거든요. 거부당하면 설득하고 또 하기를 반복하며 안내견과 생활했습니다. 처음이라고 중간에 포기할 마음은 없었습니다. 오히려 처음이라 그런 생각 따위를 할 여지도 없었고, 당장 안내견이 없으면 생활이 어려워 사회적 거부에 순응할 수도 없어 당당하게 생활했습니다. 버스에서 기사가 거부하면 몸으로 차를 막기도 하고, 지하철에서 개 데리고 탄 승객 내리라고 한 적도 여러 번 있었어요.

아무런 보호법도 없고 그냥 몸으로 감당해야 했던 그 시절, 가족의 힘으로 버텼습니다.

무엇을 하든 전혀 간섭하지 않고, 오히려 곁에서 묵묵히 응원해준 아내와 아이들 덕분이었죠. 그렇게 3년을 안내견과 생활했는데, 가장 미안한 점이 은퇴까지 함께하지 못했다는 거예요. 맹학교 3년 과정을 마치고 안마원에서 일을 시작했는데 집과 같은 건물이다 보니 전혀 보행할 수 있는 환경이 안 되었어요. 걷는 시간이 줄다 보니 안내견과 함께하는 것이 서로에게 상처를 줄 수 있을 것 같아 돌려보내게 되었어요.

무척 가슴 아픈 기억입니다.

이제 내 나이도 육십 줄을 향해 갑니다. 제 기억 속에 안내견은 그 누구보다 시각장애인의 발걸음을 당당하게 내딛게 해주는 존재입니다. 그 소중한 기억이 지금의 저를 있게 만든 원동력이고, 안내견과 함께하는 시각장애인이라면 누구나 공통적으로 그렇게 느낄 거예요. 고맙고 감사드리며, 기회가 된다면 꼭 다시 찾아가서 안내견과의 만남을 요청하겠습니다. 다시 한 번 하네스를 잡고 안내견과 거리를 걷고 싶네요.

20년 전 그때처럼.

이 글은 삼성화재안내견학교 첫 시각장애인 안내견 파트너
양현봉 씨와의 인터뷰를 재구성한 것입니다.

# 안내견학교의
## 눈부신 발전

첫 자매결연 안내견학교 · 이안 콕스Ian Cox 위원(뉴질랜드)

아시아에서 안내견은 1950년대 후반 일본이 처음으로 도입했다. 애견가로 알려진 이건희 회장을 중심으로 인간 사회에서 개들의 역할에 대해 깊은 존중심을 품고 있었으며, 안내견을 시작으로 다양한 서비스견들을 한국에 도입하고, 사람들이 마음을 열어 개의 역할을 새로운 관점으로 보게 하려는 계획에 착수하였다. 이는 그야말로 의식과 개념의 전환이었다.

삼성은 1990년대 초부터 영국에서 열린 세계 최고의 개 품종 박람회 크러프츠독쇼 후원을 시작했다. 올바른 애견 문화의 확산과 서비스견 도입을 위해 용인의 에버랜드 근처 부지에 안내견을 도입하기 위한 준비를 했고, 해외 컨설턴트도 초빙했다.

어느 국가에서건 최초로 안내견을 도입할 때면 안내견의 공공장소 출입 여부가 큰 문제가 된다. 이 때문에 삼성에서는 훈련견의 색깔을 검은색보다 거부감이 덜한 노란색 골든 리트리버로 정했다. 본격적인 설립 준비를 위해 1994년, 삼성의 여섯 스태프가 뉴질랜드 안내견학교에 파견되었다. 뉴질랜드 안내견학교는 전 세계 안내견학교 가운데 중간 규모로 세계안내견협회IGDF 중에서도 모범 사례로 꼽히는 곳이었다.

외국어와 해외 문화에도 이해가 깊었던 이들은 며칠에 걸쳐 새로운 안내견학교 설립에 필요한 핵심요소들을 분석해냈다. 경영, 행정, 기록 보관, 기금 마련, 홍보, 훈련을 비롯해 시각장애인 교육과 사후 서비스까지 다양한 분야에서 필요한 내용들을 파악했고, 이를 위해 뉴질랜드 안내견학교와 지원협약을 맺고, 경험 많은 훈련사로부터 교육도 받을 수 있었다.

1995년 초, 이들과 함께 서울을 걸었던 기억이 생생하다. 많은 사람들이 큰 개들에 낯설어하며 소리를 지르기도 했지만, 1998년 다시 한국을 찾았을 때는 언론 홍보를 비롯한 그간의 인식 개선 활동 덕분에 많은 사람들이 안내견에게 다가와 인사를 건네는 모습이 사뭇 달라진 풍경이었다. 2002년에는 세계 안내견 총회를 유치하는 성과도 있었다. 전 세계 약 300명의 대표들은 한국에서 놀라운 경험을 할 수 있었으며, 빠른 시간에 발전한 안내견학교의 모습에 감탄했다.

시설 면에서도 안내견 훈련장은 보기 좋은 디자인과 우수한 설비로 인해 개장 당시 여러 현직 전문가들에게 아시아에서, 어쩌면 전 세계에서 최고일 것이라는 평가를 받기도 했다. 다시금 생각해봐도 이런 일에 참여할 수 있었던 것이 나로서는 큰 영광이다.

이 글은 첫 자매결연 안내견학교의 이안 콕스 위원의 글을 요약한 내용입니다.
원문은 마이독 홈페이지(http://mydog.samsung.com)에 게재되어 있습니다.

# 내가 아는
## 하나의 진실

첫 공인 훈련사 · 수잔 Lim(미국)


어느 여름날, 햇살이 쏟아지는 하와이 와이키키의 거리를 걷다가 나는 한 '전문가'와 마주쳤다. 당시 뉴질랜드 안내견 학교장이었던 이안 콕스 씨는 안내견이 킁킁거리며 이리저리 움직이도록 내버려둔 파트너를 점잖게 꾸짖고 있었다. 1995년 여름, 그것이 나와 안내견의 첫 만남이었다. 혹시나 해서 말해두지만, 내가 말하는 전문가는 '이안' 씨가 아닌 이리저리 엿보며 경로를 벗어나는 놀라운 기술을 익힌 시각장애인 안내견을 말하는 것이다. 그때 나는 경로를 살짝 벗어난다든지 여기저기 킁킁대는 게 뭐가 문제인지 몰랐었다. 하지만 얼마 지나지 않아 상황에 따라 안내견 파트너의 목숨을 앗아갈 수도 있는 위험한 개의 본능을 다스리는 훈련법을 익히게 되었다. 바로 그 순간부터, 내 인생의 방향이 바뀌었다.


삼성화재안내견학교에서 일하기 시작한 얼마 후, 나는 훈련사와 함께 서울 근교의 안내견 파트너를 사후관리차 방문했다. 그는 우리를 앉히고 흥분된 얼굴로 안내견이 자신의 목숨을 구했다는 이야기를 했다.

"나는 매일 이 건물 엘리베이터를 탑니다. 그날도 마찬가지였어요. 버튼을 누르고 내 곁의 충실한 개와 함께 엘리베이터가 오길 기다렸지요. 문이 열리고 익숙한 '땡' 소리가 들렸습니다. 개에게 엘리베이터에 들어가라고 명령했더니 저 녀석이 꿈쩍도 안 하더군요. 다시 한 번 명령을 하고서 움직이라고 쿡 찌르기까지 했지만, 움직이기는커녕 도리어 내 다리 앞에 와서 제 다리로 내가 움직이지 못하게 가로막는 거예요. 이 녀석이 정신이 나갔나 하고 화를 내면서 또다시 움직이라고 밀어붙였죠. 바로 그때, 어느 여자의 깜짝 놀란 목소리를 듣고서 나는 얼어붙고 말았습니다. '들어가지 마세요, 아저씨! 엘리베이터 바닥이 안 보여요!' 그러니까 엘리베이터 문이 층 중간에서 열렸고, 저 녀석이 우리 둘 다 엘리베이터 통로로 떨어지지 않도록 막은 셈이죠. 내 개가 내 목숨을 구했다고요!"

그는 이렇게 외치더니, 마치 개가 듣지 못하게 하려는 듯 우리를 향해 몸을 숙이고 소곤거렸다.

"어떻게 저 녀석이 나를 막을 수 있도록 가르쳤죠?"

"우리는 그런 건 가르치지 않았습니다. 순전히 자기 판단으로 그렇게 한 거죠."

우리의 대답에 그는 어안이 벙벙한 채 앉아 있었다. 그가 경험한 것은 안내견이 자신의 역할을 완벽하게 이해하고서, 자신에 대한 보호 본능을 파트너에게까지 발휘한 모범 사례였다. 이때의 일은 신입 훈련사였던 내게 훌륭한 안내견 훈련팀이 무엇을 성취할 수 있는지, 시각장애인 파트너에게 얼마나 큰 의미가 있는지에 대한 첫 깨달음이자 경이로움이었다. 그의 눈에 반짝이던 눈물은, 그와 안내견의 관계에 대해 내가 알고 싶었던 모든 것을 말해주고 있었다.

안내견학교에서 일하는 동안 나는 정말 놀라운 여러 사람들을 만났다. 그들은 시력을 잃었지만, 독립성을 되찾는 감동을 보여주었고, 그런 일을 가능케 한 안내견 또한 여럿 볼 수 있었다. 안내견들은 시각장애인 파트너의 존재 일부가 되어 단순한 눈과 귀가 아니라 파트너의 자신감과 자존감, 그리고 삶의 목표를 되찾게 해주었다.

한편 시각장애인 입장에서 보면 안내견은 무척 생소하고 낯선 존재일수 있다. 시각장애인으로 생활하면서 안내견의 주요 품종인 래브라도 리트리버종을 본 적이 없기 때문일 것이다.

한번은 내가 시각장애인 네 명의 파트너 교육을 위해 안내견학교 숙소에 있을 때였는데, 새벽 2시에 누군가 내 방 문을 다급하게 두드렸다. 문을 열자 20대 청년인 시각장애인 한 분이 무척 걱정스러운 표정으로 서있었다. 그는 밤늦게 깨운 것에 사과하고서, 자기의 새 안내견에게 뭔가문제가 있는 것 같은데, 봐줄 수 없냐고 부탁했다. 청년의 개는 담요 위에 누워 곤히 잠들어 있었고 매우 편안해 보였다. 청년은 살그머니 개에게 다가가더니 몸을 구부리고서 속삭였다.

"이 녀석 배 좀 봐요. 발진이 생긴 것 같아요. 게다가 불러도 대답도 안 하고요……."

우리는 몸을 숙여 살펴보았지만, 발진이라곤 전혀 없었다. 발진이 어디 있냐고 물어보자 청년은 개의 배에 손을 갖다 대고 젖꼭지들을 더듬으며 대답했다.

"여기, 여기, 여기요."

같이 간 훈련사와 나는 서로 마주 보고, 웃음을 터뜨리고 말았다. 우리는 청년에게 배에 있는 것은 발진이 아니라 개의 젖꼭지라고 설명해주었다.

"왜 수컷인데 젖꼭지가 있죠?"

다른 조련사가 재치 있게 대답했다.

"당신도 젖꼭지가 있잖아요?"

우리는 또다시 한바탕 웃었다.

방으로 돌아와 방금 있었던 일 때문에 계속 웃음이 났지만, 한편으론 시각장애인들에게 생소한 안내견을 받아들인 교육생들의 용기에 다시금 놀랐다. 그는 자신의 새로운 동반자에게 완전히 매혹되어 줄곧 개를 쓰다듬고, 어루만지고, 몸 구석구석을 더듬으며 이해하려고 했던 것이다.

내가 세계 최고의 직업을 가졌다고 자부할 만큼 지나온 그 시절들이 내겐 아직도 어제처럼 생생하다. 20주년을 기념해 짧은 글을 써달라는 요청을 받았을 때, 너무도 많은 추억과 에피소드들이 떠올라 어디서부터 어떻게 시작해야 할지 알 수 없었지만, 안내견학교에서 보냈던 시절을 돌이켜보면 한 가지는 영원한 진실로 남아 있다.

안내견과 시각장애인 파트너는 내가 지금껏 그 어떤 관계에서도 목격한 적 없는 사랑과 신뢰로 맺어져 있다는 것이다. 그들은 서로 말 한마디 이해하지 못하고, 표정 한 번 주고받지 못하지만, 그저 서로를 만나서 본능적으로 하나가 된다.

안내견학교의 모든 스태프와 놀라운 개들에게 깊은 그리움과 감사의 마음으로, 행복이 가득한 20주년을 기원한다.

# 안내견이 우리 사회에
# 필요한 이유

첫 안내견 담당 과장 · 윤태산

1995년 1월 말. 서소문로에 위치한 삼성해외지역연구소에서 1년간의 미국지역전문가 활동을 마치고 귀국한 나에게 한 통의 전화가 걸려 왔다.

"호주 비자 신청하고 다음 주에 호주, 뉴질랜드 출장 준비하세요."

나의 안내견 프로젝트 참여는 그렇게 시작되었다. 출장 전에 방문한 용인의 견사는 무척 을씨년스럽고 소란스러웠다. 푸른 장막이 쳐진 방사장에는 50여 마리의 래브라도 리트리버들이 서로 뒤엉켜 짖어대고 있었고, 직원들은 추운 날씨에 얼어버린 하수관을 녹이고 있었다.

용인을 다녀온 이후 나는 고민에 빠졌다.

'왜 내가 이걸 해야 하는지, 개를 별로 좋아하지도 않는데, 과연 잘할 수 있을까?'

그런데 이런 고민을 뒤로하고 방문한 호주, 뉴질랜드 안내견학교는 용인의 그것과는 엄청난 차이를 보였다.

출장 후 프로젝트 팀은 바빠졌다. 적당한 개도 준비해야 했고, 안내견을 받게 될 시각장애인도 찾아야 했으며, 안내견을 양성할 인력과 인프라도 함께 준비해야 했다.

드디어 1995년 여름, 견사를 포함한 숙소동과 훈련장을 신축하면서 안내견학교는 그 모양새를 갖추기 시작했고, 그해 가을에는 삼성화재안내견학교 최초의 안내견 두 마리가 분양되었다. 이듬해에는 세계안내견협회IGDF, International Guide Dog Federation 준회원자격을 획득하는 쾌거를 이루었다.

약 5년간 안내견 프로젝트를 담당하게 되면서 느낀 것이 너무도 많다. 개와 관련한 습성, 교육방법, 훈련을 통한 성격파악 요령 등은 무리를 지어 생활하는 우리 인간에게도 시사하는 것들이 많았다. 말을 못하는 생명체와 잘 지내기 위해서는 항상 관찰하고 배려해야 한다는 당연한 명제는, 어쩌면 무수한 말들이 넘치는 우리 인간 사회에서 더 필요한 것일지도 모를 일이다.


안내견 파트너 중에 기억에 남는 분들이 있다.

드라마 〈내사랑 토람이〉로 잘 알려진 전숙연 님과 토람이, 서울대 법대에 진학한 씩씩한 최민석 군과 아자, 안내견과 함께 걸으면 새소리가 들리고 풀 내음을 맡을 수 있다던 최대환 군과 웅대. 모두들 우리에게 도움을 받아 고맙다고 말씀하셨지만 사실 우리가 그들로부터 도움을 받고 배운 것이 훨씬 더 많았다. 감사해야 할 사람은 우리들이었다.

처음에 가졌던 고민과 불안은 첫해가 다 가기 전에 이미 사라져버렸다. 안내견과 보행 훈련을 하기 위해 집을 나서는 16살 아들을 보며, 어머니는 처음으로 혼자 내보내는 거라며 눈물을 훔치셨고, 훈련을 위해 중성화 수술을 받은 강아지를 안은 퍼피워커는 견사에서 밤을 지새우며 '과연 사람을 위해 동물에게 이렇게 해도 되는 것인가?' 하는 근본적 물음을 밤새 하셨을 것이다. 그리고 1년간의 퍼피워킹을 마친 가정은 돌려주러 오는 내내 울었는지 온 가족의 눈이 발갛게 충혈되어 있었다.

많은 사람들이 이렇게 묻곤 한다.

"한 마리 키워서 한 사람에게만 혜택을 주는 것보다 사회 인프라를 개선하는 일에 힘을 쓰는 것이 훨씬 낫지 않은가요?"

하지만 나에게는 그 답을 찾는 데까지 그리 오랜 시간이 걸리지 않았다. 안내견 한 마리가 만들어지는 과정에는 적지 않은 사람들의 정성과 배려, 열정과 눈물, 그리움과 대견함이 가득 차 있다. 안내견 양성과정을 통해 개인의 인식이 변하고, 그것이 가정과 학교, 사회로 퍼져가는 것이다. 눈에 보이는 인프라 개선도 중요하지만, 분명 안내견을 통해 눈에 보이지 않는 우리 사회의 인식을 바꾸는 일은 몇 배 더 중요한 것이다.

언젠가 퍼피워커 한 분이 이런 말씀을 하셨다.

"예전에는 장애인에 대해 관심이 없었어요. 그런데 얼마 전, 차를 타고 가다가 정류장에 시각장애인 한 분이 계시길래 어디까지 가시느냐고 물어 태워다 드린 적이 있었어요. 저도 제 자신에게 놀랐지만, 우리 강아지도 안내견이 되려고 열심인데 가장인 제가 그 정도는 해야지요."

안내견이 우리 사회에 필요한 이유이다.

1995년 가을, 수의과대학을 졸업한 나는 삼성화재안내견학교의 수의사로 근무를 시작했다. 나에게 안내견의 첫인상은 입사 첫날 사무실에서 긴장하던 내게 무조건적인 키스와 포옹으로 격하게 환영하던 모습이다.

20여 년 남짓한 기간 동안, 나는 이곳에서 안내견과 함께하며 소중한 인연들을 만날 수 있었다.

철모르는 강아지를 맡아 키우다 자식 군대 보내는 마음으로 학교에 맡겨 주시는 퍼피워킹 봉사자들, 그 아이들을 사랑으로 훈련시키고 때로는 아픈 아이들을 안고 밤을 새우는 훈련사들, 자신의 눈이 되어 동고동락하는 시각장애인 파트너들과 은퇴한 안내견의 노후를 보살펴주고 마지막을 함께했던 홈케어 봉사자들까지. 그렇게 안내견 한 마리 한 마리는 여러 사람들에게 따뜻하고 귀한 인연들을 만들어주었다.

처음 만날 때에는 새 식구를 맞이하는 설레임과 희망을, 가족같이 함께 했던 이들을 떠나보낼 때는 그리움과 아쉬움이 교차한다.

안내견과 자원봉사자, 시각장애인 파트너들의 인생 스토리는 안내견 기증식에서만 만날 수 있는 감동의 드라마다. 천방지축 강아지가 퍼피워 커와 훈련사의 손을 거쳐 늠름한 안내견이 되고, 시각장애인 파트너가 그 안내견과 함께 장애를 딛고 활동하는 모습을 보면 새삼 안내견의 가치를 깨닫게 된다.

안내견은 우리에게서 사랑을 받는 존재일 뿐만 아니라, 우리가 사는 세 상에 더 큰 희망과 사랑을 준다.


안내견을 통해 사람과 사람, 사람과 동물이 서로 교감하고, 함께 성장 해온 우리 안내견학교가 어느덧 개교 20주년을 맞았다. 특별한 날이니만 큼 어떤 행사를 준비할까 고민하다가 안내견과 인연을 맺은 사람들의 이 야기를 책으로 엮기로 했다.

이 책의 글을 직접 쓰신 자원봉사자들과 훈련사들, 시각장애인 파트너 분들, 그리고 책이 나오기까지 도움을 주신 모든 분들께 감사드리며, 책 을 통해 아직 안내견에 대해 잘 모르고 있던 분들에게도 간접적으로나마 안내견을 이해하는 데 도움이 되기를 바란다.

마지막으로, 오늘의 안내견학교가 있기까지 안내견 사업의 성장과 발전에 도움을 주신 모든 분들께 다시 한 번 감사드리며, 우리와 함께했던 모든 안내견들에게도 고마움을 전하고 싶다.

삼성화재안내견학교 정동희

# 안내견의 역사

--------------

　본격적인 안내견 양성은 제1차 세계대전 이후 셰퍼드를 이용해 시각장애인을 안내할 수 있다는 사실에 관심을 가지게 되면서 1923년 독일 포츠담에 훈련센터가 세워진 때라고 할 수 있다. 일부 지역에 국한되었던 안내견에 대한 인식을 세계로 확산시킨 사람은 미국의 도로시 유스티스 여사로 그녀는 프랭크 모리스라는 미국의 시각장애인에게 '버디'라는 안내견을 분양해 미국 최초의 안내견을 등록시켰다.

　이후 1929년 시잉 아이The Seeing Eye라는 세계 최초의 체계적인 안내견 훈련센터를 미국에 설립해 국제적인 활동을 펼치게 되었으며, 러시아인 안내견 훈련사 니콜라스 라이아코프를 영국에 파견해 영국에서의 안내견 훈련학교 설립의 기틀을 마련했다.

　영국 최초의 체계적인 안내견 훈련은 1931년 왈라시에서 시작되었는데, 제2차 세계대전 동안 우여곡절을 겪은 왈라시의 '클리프' 훈련센터는 1941년 레밍턴 스파에 있는 에드몬드스콧으로 센터를 옮겨 이때부터 영국 안내견은 일대 부흥기를 맞았다.

　일본의 경우 1957년 최초의 안내견이 양성되어 분양되었으며, 1970년대에 체계적인 안내견학교가 탄생했다.

　한국 최초의 안내견 파트너는 대구대 임안수 교수로 1972년 말 미국 유학을 마치고 셰퍼드 종인 안내견 '사라'와 귀국했다. 이후 외국기관으로부터 분양이 몇 차례 있었으나, 사후관리의 어려움과 안내견에 대한 사회적 인식 부족 등으로 정상적인 활동을 한 경우는 극히 드물었다.

　삼성화재안내견학교의 경우 1993년에 안내견 양성을 시작해, 1994년 양현봉 씨에게 '바다'를 분양했다. 현재 우리나라에는 전국적으로 60여 마리의 안내견이 활동 중이다.

# 안내견을 대하는 에티켓

## 1. 안내견이 예뻐도 허락 없이 쓰다듬거나 만지면 안 돼요.

안내견을 만지면 주의가 산만해져 안전하게 장애인을 안내할 수 없다. 다른 사람이 안내견을 만지면 시각장애인과 안내견이 엉뚱한 길로 갈 위험도 있다.

## 2. 먹을 것을 주지 마세요.

안내견이 기특하다고 먹을 것을 주면 안 된다. 사람이 먹는 음식은 개의 건강을 해칠 수도 있으며 음식에 대한 유혹 때문에 안내견의 주의가 산만해져 시각장애인 보행에 위험을 끼칠 수도 있다.

## 3. 이름을 부르지 마세요.

안내견은 시각장애인과의 안전한 보행을 위해 고도의 주의력과 집중력이 필요하다. 그런데 안내견을 자꾸 부르거나 말을 걸면 주의가 산만해져 시각장애인에게 큰 위험을 끼칠 수 있다.

## 4. 허락 없이 사진을 찍지 마세요.

시각장애인의 허락 없이 사진을 찍는 것도 안내견의 주의를 산만하게 만들 수 있고, 보이지 않는 시각장애인이 자신이 찍히는 줄 모를 수도 있어 불안감을 줄 수 있으니 주의해야 한다.

# 안내견의 양성 과정

안내견의 양성 과정은 보통 6단계로 구분할 수 있다.

### 1단계    출생

우수한 안내견이 태어나기 위해서는 먼저 우수한 엄마, 아빠 개를 선발해야 한다. 건강하고 안내견으로 적합한 성격을 가진 엄마, 아빠 사이에서 강아지들이 태어난다.

### 2단계    퍼피워킹

생후 7주가 지나면 일 년간 일반 가정에 맡겨져 사회화 과정을 거치는데, 이것을 '퍼피워킹'이라고 한다. 이 기간 동안 강아지들은 자원봉사자 가정에서 사람과 함께 생활하는 법을 배우며 기본적인 복종, 배변 훈련을 하게 된다.

### 3단계  안내견 훈련

퍼피워킹이 끝나면 예비 안내견으로 1차 테스트를 통해 훈련 여부가 결정된다. 여기서 합격한 개들에 한해 일반 도로나 상가, 버스, 지하철 등에서 6~8개월 동안 본격적인 훈련 과정을 거친다.

### 4단계  시각장애인과 만남

모든 테스트를 통과해 안내견에 합격하면 안내견 분양을 원하는 시각장애인 파트너와의 매칭이 이루어진다. 통상 4주간 진행되는데, 처음 2주 동안은 안내견학교 숙소에서 지내며 기본적인 개 관리법과 보행 훈련을 하게 되고, 나머지 2주는 시각장애인이 거주하는 지역에서 자주 가는 곳 중심으로 적응 훈련을 하게 된다.

### 5단계  안내견 활동

시각장애인에게 분양된 안내견은 건강 상태에 따라 통상 8~10년가량 활동하게 된다. 이 기간에도 안내견학교 담당자가 정기적으로 방문해 안내견의 건강과 보행 상태를 체크하게 된다.

### 6단계  은퇴

통상 안내견은 10세 전후에 안내견에서 은퇴하게 된다. 은퇴 안내견은 자원봉사자 가정으로 가서 남은 여생을 편하게 보내게 되고, 시각장애인 파트너에게는 본인이 희망할 경우 대체 안내견이 분양된다.

장애인 복지법 조문

# 장애인 보조견 편의시설 접근법

〈 장애인 복지법 〉

보건복지부(장애인정책과) 02-2023-8199

제40조(장애인 보조견의 훈련 · 보급 지원 등)

① 국가와 지방자치단체는 장애인의 복지 향상을 위하여 장애인을 보조할 장애
인 보조견(補助犬)의 훈련 · 보급을 지원하는 방안을 강구하여야 한다.

② 보건복지부 장관은 장애인 보조견에 대하여 장애인 보조견표지(이하 "보조
견표지"라 한다)를 발급할 수 있다. 〈개정 2008.2.29, 2010.1.18〉

③ 누구든지 보조견표지를 붙인 장애인 보조견을 동반한 장애인이 대중교통 수
단을 이용하거나 공공장소, 숙박시설 및 식품접객업소 등 여러 사람이 다니
거나 모이는 곳에 출입하려는 때에는 정당한 사유 없이 거부하여서는 아니
된다. 제4항에 따라 지정된 전문훈련기관에 종사하는 장애인 보조견 훈련자
또는 장애인 보조견 훈련 관련 자원봉사자가 보조견표지를 붙인 장애인 보
조견을 동반한 경우에도 또한 같다. 〈개정 2012.1.26〉

④ 보건복지부 장관은 장애인 보조견의 훈련 · 보급을 위하여 전문훈련기관을
지정할 수 있다. 〈개정 2008.2.29, 2010.1.18〉

⑤ 보조견표지의 발급대상, 발급절차 및 전문훈련기관의 지정에 관하여 필요한
사항은 보건복지부령으로 정한다. 〈개정 2008.2.29, 2010.1.18〉

[시행일 : 2012.7.27] 제40조